난
생
처
음

킥
복
싱

난생처음
01

난생처음 킥복싱

러프한 인간이 되고 싶습니다

1판 1쇄 발행 2020년 4월 2일
1판 4쇄 발행 2023년 9월 8일

지은이 황보름
발행인 유성권

편집장 양선우
기획·책임편집 신혜진 **편집** 윤경선 임용옥
해외저작권 정지현 **홍보** 윤소담 박채원
마케팅 김선우 강성 최성환 박혜민 심예찬 김현지
제작 장재균 **물류** 김성훈 강동훈

펴낸곳 ㈜이퍼블릭
출판등록 1970년 7월 28일, 제1-170호
주소 서울시 양천구 목동서로 211 범문빌딩 (07995)
대표전화 02-2653-5131 | **팩스** 02-2653-2455
메일 tiramisu@epublic.co.kr
인스타그램 instagram.com/tiramisu_thebook
포스트 post.naver.com/tiramisu_thebook

이 도서의 국립중앙도서관 출판예정도서목록(CIP)은 서지정보유통지원시스템 홈페이지(http://
seoji.nl.go.kr)와 국가자료공동목록시스템(http://www.nl.go.kr/kolisnet)에서 이용하실 수 있습니다.
(CIP20009578)

터프한 인간이 되고 싶습니다

황보름 지음

난생처음

킥복싱

체력이 없어서 체력이 더 안 좋아지는
저질체력 도돌이표 극복기

티라미수
THE BOOK

아무리 생각해도,
운동밖에 없겠죠?

"몸이 예전 같지 않아. 예전에도 별로였는데 더 별로가 됐어. 너네는 어때? 혹시, 이거 나만 그런 거야?"

휠휠 날아다니던 사람도 마흔 즈음이 되면 체력이 반으로 푹 꺾인다는 말, 20대 때부터 줄기차게 들었다. 원래도 체력이 좋진 않았던 터라 여기서 반으로 꺾이면 도대체 어떻게 살아가야 할지 막막하긴 했지만, 그래도 큰 걱정은 하지 않았다. 마흔은 저 멀리 있고, 나는 아직 그런대로 괜찮았으니까. 그런데 이게 무슨 일일까. 모두들 입을 모아 경고하던 마흔이 되기도 전에, 그러니까 서른 중반이 되자 나는 남보다 한 발 빨리 그간 말로만 듣던 '마흔의 몸'이 되어버렸다.

　아무것도 하지 않았는데도 '이젠 좀 그만하고 쉬어야겠다'는 생각이 드는 날이 늘어갔다. 몇 시간 외출하고 돌아오면 몸져눕는 타임이 필요했다. 외출을 하지 않았어도 오후가 되면 어쩐지 외출을 하고 돌아온 듯 기운이 빠져 역시 또 몸져누워야 했다. 하지만 아무리 자고 일어나도 체력은 쉽게 올라오지 않았고 올라오더라도 아주 잠깐일 뿐, 수명다한 배터리처럼 금세 바닥으로 떨어졌다.

　전반적인 체력 저하도 문제였지만, 부분적인 문제도 지속적으로 터졌다. 집 앞 정형외과 의사 샘에게 허리는 물론 무릎과 손목 뼈까지 차례대로 공개해야 했고, 몇 개월에 한 번씩은 무슨 알람이라도 맞춰놓은 것처럼 지독한 위염에 걸려 앓아누웠으며, 잊을 만하면 목감기에 걸려 말을 하지 못했다. 정말이지 이놈의 부실한 몸 때문에, 도통 사는 게 사는 것 같지 않았다.

　헨리 데이비드 소로는 삶이 아닌 것은 살고 싶지 않다며 숲으로 들어갔는데, 나 역시 이건 삶이라고 할 수 없다는 생각에 어디든 들어가야 할 것 같았다. 그렇다면, 어디로 들어가야 할까. 답은 간단했다. 지금 내게 필요한 건 운동. 그래서 결심했다, 체육관에 들어가기로. 2018년 12월의 어느

1장

이것이 정녕,

근본 없는
몸부림일지라도

팔을 뻗는 내 모습은 내가 봐도 어색하기 짝이 없고,
다리는 아무리 위로 뻗어도 겨우 상대방 허벅지 언저리에서
가소롭게 춤출 뿐이다.
그래도 한 3개월쯤 하면…… 내 몸도 조금 달라지겠지?

발차기 탕 탕 탕,
심장은 두근두근

"우선 주 3일만 해보세요."

주 5일 결제를 위해 카드를 건네자 주황색 후드티를 입은 코치님이 말했다. 내가 선택한 킥복싱 체육관은 주 5일과 주 3일로 운영된다. 최대한 빨리 체력을 올리고 싶어서 주 5일을 계획했던 건데, 도리어 체육관에서 주 3일을 제안했다.

"왜요?" 하고 묻자, 코치님이 친절한 목소리로 말했다.

"아마 매일 오고 싶어도 못 오실 거예요. 처음 하는 분들은 굉장히 힘들어하시거든요. 우선 주 3일로 해보다가 나중에 주 5일로 바꾸고 싶으면 언제든 말씀하세요."

체육관 입장에서는 주 5일 결제가 더 이득일 텐데 왜 굳이 돈을 덜 받지, 하는 생각을 하며 주 3일로 결제를 했다. 돈을 덜 내게 됐다는 기쁨도 잠시, 어쩐지 심란해지면서 긴장감이 확 몰려왔다. 도대체 얼마나 힘이 들면 돈을 더 낸다는데도 말릴까. 순간 체육관에 오기 전에 읽은 리뷰가 떠올랐다. 리뷰를 쓴 사람이 그랬지. 첫날 운동을 하다가 토를 했다고. 그냥 웃기려고 한 말인 줄 알았는데 정말 토를 했던 건지도 모르겠네. 여기는 정말 그런 곳일지도 몰라. 말 그대로, 토 나오는 곳.

체육관에서 제공하는 L사이즈 검정 반팔, 반바지 체육복을 입고 탈의실에서 나오자 주황색 후드티를 입은 또 다른 코치님이 나를 스트레칭존 전신거울 앞으로 데려갔다. 거울 앞에 선 나는 무표정이었는데, 이 무표정은 지난 40년을 헛산 것만은 아니라는 것을 증명해주는, 감추고 싶은 감정을 노련하게 감춰주는 무표정이었다. 지금 내가 감추고 싶은 건 이런 감정이었다. 두려움(정말 토가 나올까), 민망함(시키는 거 잘 못해서 몸개그 하면 어쩌지), 어색함(누구 못지않게 낯가림이 심한 내게는 새로운 장소에서 만난 새로운 사람만큼 어색한 게 없다).

정말 오랜만에 꼼꼼히 스트레칭을 했다. 코치님은 마치

내가 세상에 태어나 스트레칭이라는 걸 한 번도 안 해본 사람이라는 듯 동작을 하나하나 차근차근 알려줬다. 그래서 나도 세상에 태어나 스트레칭이라는 걸 한 번도 안 해본 사람이라는 듯 코치님 동작을 착실하게 따라 했다. 스트레칭을 끝내고는 팔 벌려 뛰기를 했다. 팔 벌려 뛰기 역시 정말 오랜만에 하는 거였다. 50회를 하래서 다 했더니 종아리에 통증이 조금 느껴졌다. (이 통증은 시작에 불과했다는 걸 운동을 시작한 지 단 10분 만에 알게 됐지만.)

전신거울 앞에 나란히 선 코치님이 거울 속 내 눈을 보며 말했다.

"이제 킥복싱을 해볼게요. 절 잘 보세요."

응? 첫날부터 킥복싱을 한다고? 이렇게 다짜고짜? 왠지 너무 급작스러웠다. 나는, 뭐랄까, 그러니까 킥복싱은 조금 더 기본기를 다진 다음에야 할 수 있는 건 줄 알았는데 아닌 모양이었다. 코치님은 말로 설명을 곁들이며 킥복싱 기본자세를 보여줬다. 복싱, 하면 떠오르는 가장 전형적인 자세였다.

"다리는 어깨 넓이로 벌리고요. 오른발을 한 발짝 뒤로 보내세요. 두 팔은 이렇게요. 얼굴을 가드해주는 거예요."

전학생이 첫날 자기 자리를 찾아가듯 쭈뼛쭈뼛 코치님을 따라 했다. 요렁……게요?

'다리는 어깨 넓이. 오른발은 뒤로. 두 팔은 11자 모양으로 세워 얼굴을 가리고.'

그렇게 나는 난생처음 킥복싱 기본자세를 취했다. 앞으로 수도 없이 할 자세이자, 1년이 지나도 잔소리를 듣게 할 자세. 그냥 다리 알맞게 벌리고 두 팔로 얼굴을 가리고만 있으면 되는데, 이게 뭐라고 정확한 자세가 안 나오는 자세. 코치님은 내 자세를 점검하며 설명했다.

"공격할 때를 제외하곤 팔은 늘 지금처럼 방어 자세를 취하고 있어야 해요. 팔을 내리면 상대가 바로 공격을 해오겠죠?"

팔을 내리자 즉시 내 얼굴을 공격해오는 나쁜 놈의 이미지가 머릿속에 떠올랐다.

"팔로 방어. 꼭 기억하세요."

네, 기억할게요.

킥복싱 기본자세를 하고 있는 거울 속 내 모습을 바라봤다. 두 손에 글러브를 낀 채 뭐가 뭔지 모르겠다는 얼굴로 서 있는 내 자세는 무지막지하게 어설퍼 보였다. 친구가 웃기려고 순간 포착을 해서 찍어놓은 내 사진을 보는 것 같기

난생처음 킥복싱

윗몸을 일으키면서 두 주먹으로 코치님의 미트를 한 번씩 때리라는 말이었다.

"15회예요. 자, 시작!"

잠깐, 이거 너무 고난도 아니야? 깍지 낀 두 손으로 머리를 받치고 윗몸을 일으키는 것도 힘든데, 두 손에 글러브를 낀 채 오로지 허리 힘만으로 몸을 일으켜 세우고 주먹까지 날려야 하다니. 기억도 희미할 만큼 오랜만에 하는 윗몸일으키기가 제대로 될 리 없었다. 몸을 일으키자마자 팔을 뻗어 코치님 허리쯤에 있는 미트를 때리기도 쉽지 않은 일이었다. 억지로 몸을 일으켜 허공을 향해 팔을 버둥거리는 꼴로 겨우 다섯 번을 마쳤다. 더는 못 하겠다 싶어서 앉은 자세로 숨을 몰아쉬는데, 여기가 어딘가. 이곳은 기어코 누군가의 목에서 토를 뽑아내는 곳. 코치님이 인정사정없이 내 어깨를 뒤로 밀며 외쳤다.

"열 번 남았어요. 쉬지 말고 계속!"

어떻게 했는지도 모르게 열다섯 번을 다 하고 나서 바닥에 모로 누웠다. 아까 체육관에 들어왔을 때 바닥에 누워 있는 사람이 한두 명 보였는데 지금 이 순간 그들이 뼛속까지 공감됐다. 누워 있는 내 눈에 코치님의 두 발과 두 다리가 보였고, 곧 상냥한 목소리가 내리꽂혔다.

"코어 힘이 많이 부족하시네요."

아, 코어니 뭐니 지금 내게는 아무것도 안 들린다.

여기가 체육관인가 싶을 만큼 어둑한 이 공간이 문득 더 낯설게 느껴졌다. 하지만 이런 감상적인 기분을 누릴 시간은 내게 허락되지 않았다. 두 팔로 몸을 지탱하며 겨우 일어나자마자 내가 일어나기만을 기다렸던 것처럼 역시나 또 주황색 후드티를 입고 다가온 다른 코치님 때문이었다. "킥복싱하셨죠?"라는 질문에 곧이곧대로 고개를 끄덕이자 코치님은 갑자기 처음 보는 동작을 해 보였다.

"버피라는 동작이에요. 체력 키우러 오셨다고 했죠? 이거 열심히 하면 체력 좋아집니다. 회원님도 한번 해볼게요."

네? 전 아직 다 못 쉰 것 같은데. 코치님? 저, 더 쉬고 싶은데……. 이제 포커페이스고 뭐고 없다. 나는 지금 내가 매우 힘들다는 사실을 온 얼굴 근육을 사용해서 왕창 티 냈다. 그러거나 말거나 코치님은 아랑곳하지 않고 아무것도 못 봤다는 듯 다시 버피를 해 보였다.

"다시 잘 보세요."

딱 봐도 근육 짱짱한 팔다리가 절도 있게 움직였다. 보기에는 그다지 어려워 보이지 않았다. 버피는 대략 크게 세 동작으로 나눌 수 있을 것 같았다. 1. 손바닥으로 땅을 짚은 채 쭈그려 앉아 있다가 다리를 뒤로 쭉 뻗으며 푸시업 기본자세를 한다. 2. 팔을 굽히며 몸을 바닥에 댔다가 떼는 동시에 재빨리 다리를 모으며 쭈그려 앉는다. 3. 일어나 점프를 하면서 박수를 친다. 1, 2, 3 동작을 빨리 이으면 버피가 된다.

버피를 선보인 코치님이 손가락으로 바닥을 가리켰다. 어서 해보라는 뜻 같았다. 나는 어쩔 수 없다는 듯 손바닥을 매트에 대고 쭈그려 앉았다. 이 자세에서 다리를 뒤로 쭉 뻗으면 되는 거지? 그게 뭐 그리 어렵겠어? 이 정도야 할 수 있지, 하는 마음으로 다리를 뒤로 쭉, 뻗으려 했으나 웬걸. 다리가 뒤로 가는 대신 몸이 바닥으로 뚝, 떨어졌다. 팔이 몸을 지탱하고 있어야 다리를 뒤로 뻗을 수 있는데, 팔이 푹 꺾이니 몸이 순식간에 무너진 것이다.

"팔 힘, 코어 힘이 부족해서 그래요."

또 코어다(팔 힘 없는 거야 원래 알았고). 나는 당황스러운 마음을 뒤로 숨긴 채 얼른 일어나 무릎을 꿇고 앉았다 (벌 서는 건 아니고, 내가 즐겨 앉는 자세다). 머리가 복잡해졌다. 체력을 키우려면 버피를 해야 하는데, 체력이 없어서 버피를 할 수 없다면 나는 영원히 체력을 키울 수 없고, 그렇다면 영원히 버피도 할 수 없다는 말 아닌가. 체력이 없어서 체력을 키울 수 없는, 이 무슨 '웃픈' 상황이란 말인가. 나는 뭔가 아찔한 깨달음에 놀란 사람처럼 그 자세 그대로 멍하니 앉아 있었다. 그런 내 모습이 어딘가 심상치 않았는지 코치님이 긍정의 힘 가득한 목소리로 말했다.

"걱정 마세요. 처음엔 다 그래요. 지금 안 되던 것도 하다 보면 다 되게 돼 있어요. 오늘은 원래 25회 해야 하는데 회원님은 15회만 하세요."

나는 코치님을 바라봤다. 지금 1번 동작도 안 되는 걸 보지 않았느냐는 질문을 담은 눈빛으로. 그러자 코치님은 회원님만 그러는 거 아니에요, 특히 여성분들은 근력이 부족해서 많이들 어려워해요, 그런데 하다 보면 다 되게 돼 있다니까요, 나만 믿어요, 하는 듯한 눈빛을 보내고는 박수를 짝짝 쳤다. 얼른 일어나서 다시 해보라는 뜻이다.

등을 떠밀리듯 부정확한 1번 동작 이후 부정확한 2번을 한 후 부정확한 3번을 했다. 코치님은 옆에서 내가 15년 만에 육체의 한계에 도전하는 모습을 묵묵히 지켜봤고, 나는 이를 악물고 정녕 나더러 죽으라면 죽어보겠다는 듯 버피를 해나갔다.

바닥을 짚은 두 팔이 덜덜 떨렸다. 팔의 진동이 온몸으로 퍼져 몸도 덜덜 떨렸다. 지금까진 이 정도로 몸이 떨리

난생처음 킥복싱

면 하던 걸 그만두고 몸을 쉬게 해야 한다는 메시지로 알고 있었다. 하지만 여기선 아니었다. 이곳은 '그럼에도' 계속해야 하는 곳. 나는 장소에 적합한 행동을 하려고 늘 노력했기에, 여기서도 그랬다. 멈출 수 없으니 두두두두 떨리는 팔로 몸을 겨우 지탱해나갔다. 순간 입에서 침이 흘러 얼른 침을 닦고 슬그머니 주위를 둘러본 뒤(다행히 코치님은 내 곁을 떠나고 없었다), 다시 1번을 넘어 2번을 넘어 3번을 넘고 또 1번을 넘었다.

  "내일은 팔 움직이기 힘드실 거예요."
  버피를 끝내고 멍하니 앉아 있자, 코치님이 명랑한 목소리로 말했다. 대답할 힘도 없어 고개를 끄덕이고는 주위를 둘러보니 나랑 같은 처지의 회원들이 자기 내부, 어쩌면 코어 어디쯤에 있는 뭔가를 쥐어짜며 운동을 하고 있는 모습이 보였다. 지금의 나처럼 눈에 초점이 없는 사람, 아까의 나처럼 드러누워 있는 사람, 오만상을 찌푸리며 자전거를 타는 사람, 철봉에 매달려 쩔쩔매는 사람. 다행히 그중 토를 하고 있는 사람도, 토를 할 것 같은 사람도 없었다. 그렇지, 우리는 그렇게 쉽게 토를 하지 않는다. 아마 나도 토를 하진 않을 것이다. 다만, 정말 토 나올 것 같은 운동을 할 뿐.

저도 운동이
아주 처음은 아니에요

　내 운동 역사의 시작은 수영이었다. 아빠 손에 이끌려 초등학생 시절 몇 주에 한 번씩 탁구를 친 것이나, 또 아빠 손에 이끌려 대학교 1학년 때 훈련도 없이 마라톤 5킬로미터를 '걸은' 건 빼기로 하자. 대학교 2학년 여름방학 때 나는 내 발로 수영장을 찾아갔다. 지표면의 70퍼센트가 바다인 지구에서 태어났으면 수영 정도는 할 수 있어야 한다는데 동네 친구 S와 합의를 본 후였다.

　첫날 우리는 서로의 몸을 처음 봤고, 보자마자 킥킥 웃음을 터트렸다. 전에는 짐작만 하던 걸 확인한 날이었다. 야, 너도 내 상체랑 모양이 비슷하구나! 나와 S는 태생적 역

28　　　　　　　　　　　　　　　　　　　　　　　　난생처음 킥복싱

삼각형 상체를 갖추고 있었다. 어깨가 넓어 듬직했고, 그렇기에 기분이 너무 좋아 살짝 미치지 않으면 민소매 같은 건 입지 않았다. 우리는 서로의 어깨를 놀리면서 틈틈이 응원도 잊지 않았다. 야, 그래도 용케 수영을 하겠다고 했네! 어깨 더 넓어지면 어쩌려고! 그래도 열심히 하자!

수영장에 들어선 느낌은 첫 취기의 느낌과 비슷했다. 왠지 멍해지고 기분도 묘해지는. 수영장 전체엔 누군가가 굵은 목소리로 웅얼웅얼하고 있는 것 같은 울림이 있었다.

S야 워낙에 운동신경이 좋은 터라 걱정할 이유가 없었다. 몸 쓰는 일이라면 뭐든 능했으니까. 역시나 S는 수영장 물을 거침없이 갈랐다. 그렇다면 나는? 나도 의외로 잘했다. 무엇보다 내겐 물 공포가 없었고, 또 이번에 확인해보니 운동신경이 보통은 되는 듯했다. 우리는 강사님 지시대로 유아 풀에서 발 구르기 연습을 했다. 며칠 뒤엔 물이 어깨까지 오는 수영장에서 겁 하나 먹지 않고 음파, 음파 했다. 내 기억 속에서 나와 S는 그날그날의 강습을 즐기며 자연스레 물에 적응해나갔다.

기껏해야 2개월 남짓이었다. 우리는 자유형도 마스터하지 못했지만, 그래도 가끔은 꽤 멋있게 서로를 빠른 속도로 스쳐 지나가곤 했다. 25미터도 한 번에 주파하지 못하던 우리는 서서히 그 거리를 늘려갔고, 이젠 서너 바퀴도 한 번에 주파할 수 있게 됐다. 숨이 턱까지 차면 레인 끝에 멈춰 서서 숨을 몰아쉬었다. 나는 그때 처음으로 숨이 턱까지 차도록 운동을 하면 기분이 좋아진다는 걸 알았다.

2개월간의 수영이 우리 둘에게 남긴 게 두 가지 있다. 첫째는 더 넓어진 (것만 같은) 어깨. 야, 우리 어깨 더 넓어진 것 같지 않냐. 킥킥. 그리고 둘째는 수영에 대한 자신감이다. 언제고 다시 배우면 더 잘할 수 있으리라는. 실제 S는 취직을 하고 돈을 벌게 되자 바로 스쿠버다이빙을 배우기 시작했다. 스쿠버다이빙 포인트가 있는 바다를 찾아 외국으로 자주 떠났다. 언젠가 S가 사진 한 장을 보내왔다. 스노클링 장비만 간단히 착용한 채 팔라완 바닷속으로 잠수해 들어가는 모습. 멋졌다! 나도 S만큼은 아니지만 이후에도 수영 실력을 조금씩 늘려갔다. 20대 후반에 4개월, 30대 중반에 6개월 배운 끝에 어설프게나마 접영까지는 할 수 있게 됐다.

S와 함께한 2개월간의 수영 이후 6년 만에 시작한 운동은 요가였다. 퇴근시간이 불규칙하고 야근을 간식 먹듯 하느라 퇴근 후 운동은 언감생심이던 때였다. 물론, 마음만 먹

는다면 어떻게든 시간을 낼 수야 있었겠지. 실제 팀 동료 몇몇은 회사 내 헬스장에서 단 30분이라도 운동을 하곤 했다. 하지만 그때의 나는 근력운동에는 관심이 전혀 없었고, 만약 헬스장에서 운동을 한다면 고작 트레드밀을 걷는 게 다였을 거다. 걷는 건 그냥 회사 밖으로 나가 걷는 게 훨씬 좋은데, 뭐. 그러다 회사 게시판에서 요가 회원 모집공고를 봤다. 몇만 원만 내면 일주일에 세 번 회사 헬스장에서 요가를 배울 수 있다고 했다. 콜이다. 저녁밥을 먹는 대신 요가를 하기로 했다.

〈효리네 민박〉이 방영됐을 때 이효리가 다니는 요가원의 요가 선생님 목소리를 듣고 깜짝 놀랐다. 순간 그때 그 강사님인 줄 알았다. 목소리 톤하며 리듬하며 그때 그 강사님과 비슷해도 너무 비슷했다. 저녁 7시, 회사 헬스장으로 찾아온 요가 강사님의 나이는 마흔 중반에서 쉰 초반쯤 돼 보였다. 몸은 날렵하고 눈은 크고 태도는 부드러웠다. 강사님은 헬스장에 들어오면 우선 형광등부터 몇 개 껐다. 너무 밝지도 너무 어둡지도 않게. 수강생들이 요가 매트에 단정히 앉으면 그날의 훈련이 시작됐다.

첫날부터 요가가 마음에 들었다. 평소에는 사용하지 않던 몸의 각 부위를 늘이고 조이고, 힘을 썼다가 힘을 푸는

행위. 한껏 긴장한 몸이 몇 번의 스트레칭 끝에 느슨해지는 기분. 강사님은 과로하는 직장인을 '릴랙스'시키는 데 강의의 중점을 뒀다. 과로하는 직장인이었던 나는 강사님의 뜻을 받들어 요가 매트에 선 순간만이라도 몸과 마음을 릴랙스하려 노력했다. 잡념은 잊고 온 신경을 몸에 집중.

요가 수업에는 대학교 동기 J도 함께했다. J는 초등학교 때까지 육상을 하다가 중학교에 들어가며 공부 쪽으로 진로를 튼 친구다. J는 내가 본 여자 중 (당연하게도) 달리기를 가장 잘했는데, 요가 또한 잘했다. 요가 수업이 끝나면 J는 기세등등하게 아치자세(뒤집힌 U자 자세)를 선보였다. 힘과 유연함이 필요한 자세였다. 나도 따라 해봤지만 힘도 유연함도 부족한 나는 아치 근처에도 가지 못했고, 활자세(엎드린 자세에서 양손으로 양 발목을 잡는 자세)도 겨우 버둥거리며 할 뿐이었다.

그런 내가 가장 좋아하고 또 잘하는 자세는 '_' 자세였다. 요가 매트에 그냥 가만히 누워 있기. 수업이 끝나면 우리는 모두 매트에 등을 대고 누웠다. 강사님 말대로 가만히 누워서 몸의 부위 부위를 의식했다. 여기가 귀로구나, 여기가 팔꿈치로구나, 여기가 골반이로구나, 여기가 발바닥이로구나. 그렇게 온몸의 각 부위를 대략 파악하고 나면 내 몸을

난생처음 킥복싱

조금은 더 이해하게 된 것만 같았다. 이 기분이 좋았다. 5분 후엔 옷을 갈아입고 3층 사무실로 돌아가야 하지만, 그 5분 만큼은 세상 노곤하고 평화로웠다.

　요가는 6개월 만에 그만뒀다. 지금 생각하면 그때 나는 요가를 그만두면 안 됐다. 시간이 없는 건 맞았지만, 정말 아예 없는 건 아니었으니까. 그때까지 그래왔듯 저녁시간을 충분히 활용할 수 있었을 테니까. 하지만 그즈음 내 마음엔 서서히 어둠의 기운이 자리 잡기 시작했다. 강도 높은 스트레스에 마음의 여유를 잃어버렸다고나 할까. 마음속 어둠의 기운이 강해져 나는 내 삶을 더 부정적으로 몰아가기 시작했다. 피로를 풀기는커녕 피로를 겹겹이 쌓아가다가 한 번에 폭발해버리고 싶었는지도 모른다. 그 시절, 나는 일이 많아졌다는 이유로 내 일상을 차지하던 많은 것을 버렸는데 요가도 그중 하나였다.

　그로부터 9년이 지나 나는 달리기를 시작했다. 그사이, 핸드폰을 만드는 프로그래머였던 나는 작가를 꿈꾸며 매일 글을 쓰는 사람이 됐다. 그해, 나는 늦은 오후가 되면 아파트 정문을 나섰다. 아파트 단지 사잇길을 따라 매일같이 달렸다. 나도 달리면 무라카미 하루키가, 김연수가 될 수 있을

지도 모른다는 듯이.

짧은 구간을 전속력으로 달릴 때 해방감 비슷한 걸 느낀 적은 더러 있다. 하지만 달리는 대부분의 시간 동안 나는 멈추고 싶다는 생각과 싸움을 벌여야 했다. 그런 주제에 급기야 '달리러' 제주도까지 갔다. 제주를 한 달 여행하며 매일 달리겠다는 목표를 세우고. 편하게 여행하면 될 것을 괜한 목표를 세워가지고 여행 내내 달리느라 힘들었다. 그래도 한 달간 달리기 실력이 점점 늘어 여행이 끝날 즈음엔 10킬로미터를 쉬지 않고 달릴 수 있게 됐다. 제주 여행을 다녀와 참가한 마라톤 대회에선 10킬로미터 기록이 한 시간 2분으로 나왔다.

하지만 달리기를 좋아하는 작가를 흠모하는 독자가 작가에게서 받은 '약발'은 딱 여기까지였나 보다. 마라톤에 참가하고 나서 나는 거짓말처럼 달리기를 딱 그만뒀다.

여기까지가 내 지난 운동의 기록이다. 누군가는 '그래도 꽤 운동을 했었네' 하고 생각할 수도 있겠다. 또 누군가는 '그래, 나도 이 정도 운동은 해왔지' 하고 생각할 수도 있겠고. 또 누군가는 '이렇게 운동을 해놓고 체력이 그렇게 안 좋았던 거냐' 하고 고개를 갸웃거릴 수도 있겠다.

지난 운동이 각기 나의 능력치를 높여줬던 건 맞다. 나는 수영을 할 수 있는 사람이 됐고, 그런대로 혼자 요가 동작 몇 개는 할 수 있는 사람이 됐으며, 10킬로미터 완주 메달을 가진 사람이 됐다. 하지만 19년 전에, 13년 전에, 4년 전에 먹은 음식이 지금의 내 건강을 책임지지 못하듯, 19년 전에, 13년 전에, 4년 전에 한 운동은 지금의 내 체력을 책임지지 못한다. 매끼 신경 쓰는 게 식단 관리에서 중요하듯, 운동에서도 중요한 것은 꾸준함이었을 텐데.

  2019년, 나는 다시 운동을 시작했다. 지금까지와 별반 다르지 않은 평범한 시작일지도 모르겠다. 하지만 이전에 운동을 시작했을 때의 마음과 지금의 마음은 많이 다르다. 전에는 '그 운동 한번 해보면 좋겠지' 정도의 마음이었다면 이번엔 '그 운동 안 하면 큰일 난다'의 마음이다. 나는 지금 절실하고도 진지하게 다시금 운동하는 생활을 시작한 것이다.

저금 중에 최고는
근육 저금

킥복싱을 배워야겠다고 생각했을 때 가장 고민되는 부분은 시간도 아니, 거리도 아니, 바로 비용이었다. 체육관에 문의해보니 주 5일은 45만 원, 주 3일은 38만 원이라고 했다. 나는 주 5일을 할 생각이었으므로 한 달에 15만 원을 운동에 지불해야 한다는 말이었다. 내가 한 달에 15만 원을 써도 될까. 그것도 운동에. 나는 세상 모든 작가들이 베스트셀러 작가만큼이나 되고 싶어 하는 '전업 작가' 아닌가. 하지만 말이 전업 작가지, 그저 돈 못 버는 집순이 아닌가.

누군가 내게 "무슨 일 하세요?"라고 물으면 우선 침부터 삼키고 본 지 오래다. 차라리 공무원 시험 준비를 하고 있다고 뻥을 쳐버릴까 고민한 적도 있지만, 안타깝게도 나는 거짓말에도 재주가 없다. 초등학교 1학년 때 거짓말 한번 했다가 엄마한테 파리채로 엉덩이를 된통 맞은 이후엔 거짓말이고 뭐고 다 귀찮아졌다. 머리가 그 방면으로 발달하지도 못했다. 거짓말을 한번 하기 시작하면 또 거짓말을 해야 하는데, 계속 거짓말을 만드는 것도 능력이고 또 에너지가 필요한 일이다. 나는 능력도 없고, 에너지도 없는, 그저 집에서 맘 편히 글이나 쓰는 게 제일 좋은 집순이 인간. 그러니 침을 꿀떡 삼키고 나서는 겨우 이렇게 대답해버리고 마는 것이다.

"그냥…… 글 써요."

글을 쓰기 시작한 이후로 씀씀이가 급격히 줄었다. 한 달에 딱 얼마를 써야 한다고 정해놓은 건 아니지만, 4인 가족 외벌이 직장인 같은 마음으로 돈을 쓰고 있다. 직장인 시절, 결혼한 회사 동료들을 보면 자판기에서 음료수 하나를 뽑을 때도 한 번쯤은 더 생각하는 것 같았다. 이제 나도 그런다. 한 번 더 생각한다. 이걸 지금 꼭 마셔야 하나. 그냥 정수기에서 물을 받아먹으면 되지 않나.

몇 년 전에 영접한 미니멀리즘으로 인해 내 소비 패턴은 한 번 더 변화를 맞았다. 몇 년의 시행착오 끝에 나는 결국 미니멀리스트가 되진 못했지만(미니멀리스트는 그냥 소비 좀 줄인다고 될 수 있는 게 아니었다), 그럼에도 나는 여전히 미니멀리즘의 세계를 동경한다. 단순한 삶, 단순한 생활, 단순한 마음. 삶에서 단순함을 추구하려면 꼭 기억해야 할 게 있다. 필요한 것이 아니면 소유(소비)하지 않기.

미니멀리즘은 아무것도 소유하지 말아야 한다거나, 소비생활을 죄악시하는 사상은 아니다. 지금 눈여겨보고 있는 그것이 정말 꼭 필요한지 살펴보는 시간을 갖는 것, 이게 중요했다. 시간을 두고 살펴보다가 소유를 포기한 경우가 꽤 많다. 갖고 싶다! 사고 싶다!라는 욕망은 마치 한여름 소낙비 같아서 갑작스럽게 찾아왔다가 갑작스럽게 사라지곤 했다. 욕망이 지나간 자리엔 괜한 것을 소유하지 않게 된 자랑스러운 내가 남았고.

방구석에 처박혀 누가 읽어줄지도 모를 글을 쓰고 있던 내게 미니멀리즘은 꽤 도움이 됐다. 단지 소비자본주의에서 한 발짝 물러나게 해줘서만은 아니다. 돈을 많이 쓰고 싶다면 많이 벌어야 하겠지만, 돈을 적게 써도 된다면 적게 벌어도 된다는 것. 적게 쓰는 생활방식에 익숙해진다면 내가 하고 싶은 일을 오래도록 하며 살아갈 수 있을 것 같았다. 그래서 소비를 해야 할 때면, 긴 시간 살폈다. 이 소비가 꼭 필요한가. 혹시 이 소비가 내 생활방식에 부담을 주지는 않을까.

그러니 킥복싱을 위해 15만 원을 지불하는 건 단지 15만 원의 문제가 아니었다. 하지 않던 소비를 하게 되는 것이고, 어찌 됐건 나는 이 소비를 위해 한 달에 15만 원을 더 버는 생활을 해야 하는 것이다. 아, 15만 원이 뭐라고. 킥복싱을 시작하기 전에 나는 정말 조금 복잡해졌었다.

그러다 한순간에 고민을 탁 털어버린 건 엄마 덕분이었다. 정확히는 엄마가 나를 보는 시선. 체육관 블로그에서 킥복싱 동영상을 보며 내가 이걸 해도 될지 고민을 하다가 거실로 나갔더니 엄마는 그림을 그리고 있었다. (엄마는 1년 반 전부터 우울함을 달래려 그림을 그렸다. 혹 나 때문에 우울한 걸까?) 왜인지는 모르겠지만 나는 우선 부사를 남발하며 엄마를 기분 좋게 만들고 싶었다.

"와, 엄마, 그림 정말 엄청나다. 진짜 너무 잘 그렸다."

"그러니?"

"그런데, 엄마, 킥복싱 있잖아."

"어."

"그게 세 달에 45만 원이래. 해도 될까?"

그림을 그리던 엄마가 고개를 들었다. 아무 말 없이 내 몸을 머리끝에서 발끝까지 죽 훑더니 마지막으로는 내 얼굴 혈색을 살피는 듯했다. 저것도 혈색이냐는 표정을 짓고서. 쯧쯧 소리만 안 냈을 뿐, 엄마는 나를(내 몸을) 안타까워하고 있었다. 여지없이 그랬다.

"해야지. 돈이 문제야? 니 몸을 봐."

엄마 말대로 내 몸을 봤다. 내 몸으로 말할 것 같으면…… 그래, 역시 운동이 필요한 몸이다. 꼭, 반드시, 절실하게. 생각은 자연스레 굴러갔다. 내가 킥복싱을 해도 될지 따져보자. 일단 체력을 올리고 싶다. → 근력운동이 필요하다. → 헬스장이라는 저렴한 대안이 있다. → 하지만 헬스장에서 나 혼자 근력을 키우기는 불가능해 보인다. → 나를 '빡세게' 굴려줄 사람이 필요하다. → PT가 떠오르지만, PT는 킥복싱보다 비싸다. → 그렇다면 역시 킥복싱밖에 없다. → 그러니, 과감히 소비해볼까!

더더구나 나는 글 쓰는 사람. 글을 쓰는 사람에게 가장 필요한 건 필력이나 무거운 엉덩이만은 아니라는 걸 이제는 안다. 한 번 더 생각하게 하고, 한 번 더 문장을 손보게 하고, 심지어 처음부터 다시 써야 한대도 포기하지 않게 해주는 건 결국 체력이다. 운동을 시작하면 체력이 좋아질 것이고, 이제 체력은 내 든든한 버팀목이 되어 앞으로 내가 쓸 문장들을 더 명료하고 생생하게 갈고닦아줄 테다. 그러니, 고민은 그만하고 과감해지자!

　'근육 저금'이라는 말이 있다. 돈이 아무리 많아도 건강하지 않으면 삶의 질이 떨어지기에, 미리부터 근력운동을 해야 노후를 편안히 보낼 수 있다는 의미에서 생겨난 말이라고 한다. 저금은커녕 통장 파먹고 산 지 몇 년째인 나는 '근육 저금'이라는 말이 마음에 들었다. 적어도 운동을 하는 한, 내가 내 노후에 관해 마냥 나 몰라라 하고 있다는 죄의식은 안 들 것 같았다.

　이왕 소비하기로 한 김에, 근육을 열심히 저금해보려 한다. 살아가면서, 글을 쓰면서, 주저앉고 싶을 때마다 근육의 힘으로 다시 거뜬히 일어나보려 한다. 통장은 불리지 못하지만 근육은 불리는 생활. 삶의 어느 순간 돈이 해주지 못할 걸 근육이 해주길 바라며, 나는 오늘도 체육관에 간다.

겁먹지 않고
즐길 수만 있다면

주둥이 없는 주전자처럼 생긴 쇳덩어리인 케틀벨 앞에 섰다. 내가 이걸로 뭘 해야 하는지는 굳이 설명을 듣지 않아도 알 수 있었다. 주변 사람들 모두 낑낑거리며 케틀벨을 좌우로 왔다 갔다 뛰어넘고 있었으니. 사람들이 오른쪽 왼쪽으로 폴짝폴짝 뛰어넘는 모습을 보니 문득 초등학교 때 했던 고무줄놀이가 떠올랐다. 확실히 초등학교 때가 마지막이었던 것 같다. 뭔가를 이런 식으로 뛰어넘는 건.

버피와 마찬가지로 보기만 할 때는 크게 어려워 보이지 않긴 했다. 성인 남녀 중에 20센티미터 높이의 케틀벨을 못 뛰어넘을 사람이 과연 있을까. 음……, 그런 사람이 있었다.

나였다. 놀랍게도 나는 케틀벨을 뛰어넘지 못했다. 내 몸과 케틀벨이 같은 극성이라도 된다는 듯 심지어 가까이 다가가지도 못했다. 케틀벨을 뛰어넘을 생각을 하니 신경이 온통 무릎으로 쏠렸다. 엄두가 안 났다. 시도를 했다간 무릎이 아작 날 것 같았다.

　'이거 어쩌지, 저거 뛰어넘으면 무릎 아플 것 같은데.'

　20대 중반에서 후반으로 넘어가는 즈음 무릎 통증으로 오래 고생했다. 앉아 있으면 그나마 괜찮은데 서거나 걸으면 오른쪽 무릎이 쿡쿡 쑤셨다. 대학병원에서 제공하는 검사란 검사는 다 받아봤지만 원인을 찾지 못했다. 통증은 있는데 원인은 없다니. 이걸 믿어야 돼, 말아야 돼. 한창 미국 드라마 〈닥터 하우스〉를 정주행하며 이제 막 의학에 눈을 뜬 상태였던지라 통증은 있는데 원인은 없다는 말을 조금 의심하긴 했다. 혹시 원인이 있는데 의사가 못 찾는 건 아닐까. 혹시, 닥터 그레고리 하우스라면 내가 걷는 모습만 봐도 병명을 알아맞히지 않을까.

　조금만 더 적극적인 성격이었다면 다른 병원에라도 가서 재검사를 받아봤겠지만, 나는 그저 밤마다 닥터 그레고리 하우스가 지팡이를 짚고 걸어 다니는 모습에 동지의식을 느끼며 계속 절뚝거리며 지냈다. 그 시절 내 인생을 관통하는 습관이 하나 생겼다. 어떤 긴급한 상황에서도 느긋해지기. 뛰어야 할 상황에서도 뛰지 않다 보니 절로 느긋해졌다. 나는 정말 웬만해선 뛰지 않았다. 10미터 앞에서 신호등이 바뀌어도 뛰지 않았고, 지각을 해도 뛰지 않았다. 조심 또 조심, 무릎이 아프지 않게 걸어 다녀야 했다.

꽤 오래 지속된 통증이 사라지고도(원인 없이 찾아왔던 통증은 어느 날 갑자기 사라졌다) 이 습관은 오래도록 유지됐다. 약간 겁을 먹은 채 산 것이다. 또 무릎이 아플까 봐. 그러다 4년 전에 달리기를 시작하며 마지막으로 확인해본 거였다. 내 무릎이 정말 말짱해졌는지를. 10킬로미터를 완주하고 나서야 이젠 너무 조심하며 살지 않아도 되겠구나, 하고 생각했다. 그런데 작년에 통증이 다시 찾아왔다. 이번에도 원인은 없었다! 다행히 이번 통증은 2, 3주 만에 사라졌다.

그리고 8개월이 지난 2019년 1월, 나는 케틀벨 앞에 서서 이러지도 저러지도 못하는 곤경에 처한 것이다. 나의 길고 긴 무릎 통증의 역사를 알 길 없는 코치님은 옆에서 나를 채근하기 시작했다. 코치님의 박수 소리에 맞춰 나는 바짝 정신을 차렸다.

'한 번 뛰고 아프면 다시 안 뛰면 되지, 우선 뛰어보자!'

심호흡을 한 뒤 무릎을 살짝 굽혔다가 펴면서 폴짝, 뛰려고 했는데 뛰지 못했다. 왜 못 뛰지? 다시 한번 해보려고 다리에 힘을 빡 줘봤지만 역시 또 안 됐다. 나 왜 이러지? 몸이 말을 듣지 않는 이 터무니없는 상황에 놀란 내가 망연히 코치님을 바라보자 코치님이 말했다.

"안 해봤던 거라서 그래요. 할 수 있다 생각하고 뛰어보세요."

그건 그렇지. 초등학교 때 이후로는 정말 안 해봤으니까. 하지만 할 수 있다고 아무리 생각해도 할 수 없는 건 할 수 없는 거였고, 그렇게 몇 번의 실패 끝에 이제 무릎은 사소한 문제가 돼버렸다. 저 조그맣고 귀여운 케틀벨이 마치 남극의 크레바스라도 된다는 듯이 황당할 만큼 집어먹은 겁이 더 문제였다. 아무래도 내 무의식이 내 목숨을 구하려고 내 다리를 붙잡고 있는 것만 같았다. 혹여나 케틀벨을 뛰어넘다가 손잡이 끝부분에 발가락 하나라도 걸린다면 나는 넘어질 테고, 넘어지면 죽을 수도 있으니까. (참고로 체육관 바닥 전체엔 두꺼운 매트가 깔려 있다.) 이성적으로는 나도 내가 이해되지 않았지만, 나는 분명 두려워하고 있었다.

그날은 결국 케틀벨을 눕히고 나서야 겨우 뛰어넘을 수 있었다. 하지만 고난은 거기서 끝나지 않았다. 폴짝폴짝 뛰는 게 이렇게 힘들 일인가 싶게 점프가 너무 힘들었다. 종아리가 아파왔고, 허벅지가 아파왔고, 금세 다리 힘이 풀렸다. 한 번 뛰고 쉬고, 한 번 뛰고 쉬고를 반복했다. 한 번 뛰어넘을 때마다 기력이 가속도를 붙여가며 떨어졌고, 마지막 점프를 하고 나서는 몸에 티끌만큼의 힘도 남아 있지 않았다.

체력 좀 올려보겠다는데 그게 이토록 진 빠질 일인가 싶었다. 좋게 좋게 체력이 좋아질 순 없는 걸까. 그냥 숨만 쉬어도 체력이 일정 수준으로 유지되게끔 진화할 순 없었던 걸까. 없었으니까 내가 이 고생을 하고 있는 거겠지만.

언젠가 침팬지 관련 기사를 읽은 적이 있다. 인간과 유전자가 98.4% 일치하는 침팬지는 인간과는 달리 건강을 위해 따로 운동을 할 필요가 없다는 기사였다. 침팬지는 하루 여덟에서 열 시간은 쉬거나 털을 고르고, 아홉에서 열 시간은 잠을 자며, 나머지 시간엔 기껏해야 나무 오르기나 하는 정돈데 그 거리라고 해봐야 100미터가 전부란다. 이렇게 얼추 300~400미터 움직이는 게 하루치 운동량의 전부. 침팬지는 이 정도만 움직여도 심혈관질환이나 당뇨 등에 걸릴 일이 거의 없단다. 체력도 떨어지지 않는 것 같다. 왜

일까. 그냥 그렇게 진화했기 때문이다. 하루 종일 뒹굴뒹굴 해도 건강을 유지할 수 있는 (부러운) 삶.

그런데 인간은 다르다. 인간은 하루에 1만 보는 걸어야 건강이 유지된다. 200만 년 전 호모속 인류가 등장한 이래 인간은 어찌 됐건 하루에 1만 보는 걸으며 살아온 것이다. 예상할 수 있듯, 우리 조상들이 체력을 단련하겠다고 걷고 뛰었던 건 아니다. 먹고사느라 그랬다. 여기저기서 먹을거리를 구하느라. 그렇게 걷고 뛰던 중에 운동을 안 하면 점점 쇠약해지게끔 인간 몸의 구조와 생리가 지금처럼 바뀐 것이다. 고로, 내가 지금 이 생고생을 하는 건 다 먹고사느라 빨빨거리며 돌아다녔던 조상 탓이다. 아니, 진화 때문인가.

그날의 케틀벨 점프는 내가 치명적일 정도로 점프에 약하다는 사실을 알게 해준 동시에, 그래도 내 무릎이 걱정할 만큼 약하지는 않다는 걸 알게 해줬다. 이후 운동을 하면서 무릎 때문에 더러 겁이 나기도 했고 또 실제로 무릎이 아플 때도 있었지만, 이 정도의 운동 후유증은 크로스핏을 하는 사람이라면 몇 번쯤 겪는 일이라는 것도 알게 됐다.

운동을 하다 보면 정말이지 온몸에 힘이 하나도 남지 않은 것처럼 기진맥진할 때가 있다. 얼마나 몸이 축났는지

실연이라도 당한 사람처럼 탈의실 의자에 10분쯤 앉아 마음을 추슬러야 겨우 옷을 갈아입을 생각이 날 정도다. 체력을 올리려고 왔는데 오히려 체력이 망가진 것 같은 이런 순간에는 좀 뒤숭숭해진다. 그 10분만큼은 살짝 포기라는 단어를 떠올리게도 된다.

그런데 몸이 탄성 잃은 고무줄처럼 축 처지는 이런 순간이 차츰차츰 덜 오게 된다. 오더라도 전보다 덜 힘들고, 이젠 5분만 쉬어도 옷을 갈아입을 힘이 난다. 왜 그럴까. 진화의 흔적 때문이다. 운동을 안 하면 쇠약해지게끔 디자인된 나라서, 운동을 하니 건강해진 것이다. 운동을 하는 순간은 너무 힘이 든데, 운동을 했기에 경험할 수 있는 기분도 있다. 침팬지는 죽었다 깨어나도 알 수 없을 기분. 빡세게 운동을 하고 난 후 체육관을 나설 때의 기분. 몸이 너무 가뿐해 살짝 날아갈 수 있을 것만 같은 기분. 이런 기분에 취해 얼른 또 운동하러 가고 싶다는 생각이 든다면, 이젠 내가 인간이든 침팬지든 아무 상관 없는 것이다. 진화와는 상관없이 나는 이제 막 운동을 좋아하게 된 거니까.

원-투-원-투-
스웨이-투

    뉴스에서 여성 대상 범죄를 접할 때면 어렸을 때 태권도라도 배워둘걸 후회하곤 했다. 누가 시비를 걸어오거나 완력으로 제압하려 할 때 대등하게 붙지는 못하더라도 얼른 방어하고 도망칠 수는 있도록. 무섭고 어처구니없는 상황에 처했을 때 적어도 그 상황을 모면할 힘이 내게 있으면 좋겠다 싶었다. 억울하지나 않게.

    물론, 킥복싱 훈련 조금 한다고 해서 상대를 발차기 한 방에 날려 보내지 못하리라는 건 안다. 어차피 나는 앞으로도 엘리베이터에 모르는 남자가 먼저 타고 있으면 계단을 이용할 테고, 으슥한 골목길은 되도록 피할 것이며, 조금이라도 낌새가 이상한 사람이 있으면 부리나케 그의 시야에서 사라질 테다. 그럼에도, 지금보다 조금이라도 더 강해진다면 조금 덜 두려워하며 세상을 살아갈 수 있을 것 같았다. 두려움이 줄어들수록 더 나를 믿을 수 있게 될 것 같았다. 믿음이 나를 더 자유롭게 해줄 것 같았다. 그러니까 나는 자유를 위해 오늘도 킥복싱 체육관에 온 것이다.

지난 시간부터 방어기술을 배우고 있다. 코치님이 허벅지를 차려고 하면 나는 무릎을 약간 굽힌 채 다리를 들어올리는 식으로 방어 자세를 취한다. 오른쪽으로 공격이 들어오면 오른다리를 들고, 왼쪽으로 공격이 들어오면 왼다리를 든다. 내가 다리를 약간 구부리는 동작만 취해도 상대가 원하는 공격을 할 수 없고, 나의 이 동작이 상대를 다치게 할 수도 있다고 코치님이 말했다.

코치님이 얼굴을 가격해오면 이번엔 팔을 완전히 구부리고 얼굴을 보호하는 자세를 취한다. 이 역시, 오른쪽으로 공격이 들어오면 오른팔을 쓰고 왼쪽으로 공격이 들어오면 왼팔을 쓴다. 어차피 훈련은 소꿉놀이 식으로 진행된다. 온몸에 근육을 차곡차곡 쌓아둔 코치님이 달걀도 못 깨뜨릴 힘으로 나를 공격해오면 뒤늦게 다리도 올렸다 팔도 올렸다 하는 식이다. 짜고 치는 고스톱인데도 쿵짝이 전혀 안 맞는다. 코치님이 미리 "발 공격!" 하고 알려줘도 발이 제때 안 올라가고, 팔도 그렇다. 이처럼 사려 깊은 공격도 막지 못하는데 어찌 무자비한 공격을 막아낼 수 있을까. 사려 깊은 공격이라도 얼른 제대로 막아보고 싶다.

주먹이 날아올 때 몸을 뒤로 피하는 방어기술도 배웠다. 일명, 스웨이. 상대가 주먹으로 얼굴을 공격해오면 허리를 뒤로 젖히며 피하는 동작이다. 단, 몸의 균형이 무너질 만큼 너무 많이 젖히면 안 된다. 젖혔다가도 오뚝이처럼 바로 허리를 펴고는 다음 동작으로 넘어갈 수 있어야 한다.

이 훈련도 짜고 치는 고스톱으로 진행된다. 코치님이 "스웨이!" 하면서 미트 낀 팔을 쭉 뻗으면 나는 허리를 젖히며 미트를 피한다. 코치님 동작은 민첩하고 내 동작은 굼뜨다 보니 가끔은 진짜 맞을 뻔하는 순간이 찾아오기도 하는데, 그럴 때마다 코치님의 미트는 용케도 내 얼굴을 슥 비껴간다. 잘 비껴가놓고는 이렇게 묻기도 한다.

"괜찮으세요?"

네, 물론 괜찮고 말고요. 코치님이 잘 피하셨잖아요.

방어기술을 배운다고 해서 내내 방어기술만 훈련하는 건 아니다. 당연한 말이지만 우리는 싸울 때 영원히 공격만

하지 않고, 또 영원히 방어만 하지 않으니까. 싸워본 적은 없지만 잘 피한 자가 공격 타이밍도 잡는 거고, 공격에 아무리 능해도 제대로 방어하지 못하면 결국 지고 만다는 것 정도는 안다. 그렇기에 공격 후 방어, 방어 후 공격, 이 리듬을 몸에 익히는 게 중요하다. 이날 나는 공격과 방어 기술을 한데 섞어 몸에 익히는 걸 배웠다.

지금까지 배운 주먹 공격은 '원, 투'였다. '원'은 왼 주먹 펀치, '투'는 오른 주먹 펀치다. '원'은 '잽'이라고 하기도 한다. 코치님이 "원, 투!" 구령하면 나는 왼 주먹을 날리자마자 오른 주먹을 날린다. 또 코치님이 "잽, 잽, 투!" 하면 왼 주먹을 두 번 연속으로 날리고 곧바로 오른 주먹을 한 번 날린다. 이렇게 배운 공격동작을 스웨이 동작에 버무려 훈련했다. 코치님이 구령했다.

"원, 투, 원, 투, 스웨이, 투!"

나는 '재빨리' 왼 주먹 오른 주먹을 연속으로 두 번 날리고 몸을 뒤로 젖혔다가 앞으로 돌아오면서 오른 주먹을 날렸다. 물론 마음만 '재빨리'였을 뿐 몸은 '허둥지둥'이었지만. 이곳에 와 운동을 하면서 나는 내가 몸을 얼마나 못 쓰는지 매번 실감하는 중이다. 어디 가서 이게 내 몸이라고 내놓기 민망할 지경이다.

　　　　　　　　　　　　난생처음 킥복싱

새로운 동작을 배울 때마다 한 번에 매끄럽게 된 적이 없다. 그렇다고 그게 대단히 묘기 같은, 인체의 신비를 알게 해주는 그런 동작도 아니었다. 그저 각 부위를 적절히 자극하기 위해 점프를 하거나, 특정 부위를 굽혔다가 펴거나, 뭘 잡아당기는 등의 간단한 동작이었다. 내 몸은 늘 여기 있었는데 그걸 제대로 써본 적 없다는, 긴 시간 이 몸을 등한시했다는 생각이 자주 들었다. 그럴 때마다 내 몸에 조금 미안했다. 어쩌면 몸아, 너도 한 번쯤은 제대로 쓰이길 원했을지 모르는데.

몸을 젖혔다가 '재빨리' 오른 주먹을 날리는 동작마저 물 흐르듯 되지 않자 코치님이 말했다.

"스웨이– 투만 해볼게요. 몸에 익을 때까지요."

코치님이 미트를 쭉 뻗었고 나는 몸을 뒤로 젖히면서 미트를 피했다. 이어 허리를 펴면서 오른 주먹을 시원하게 빡. 이 동작을 다섯 번 반복했다. 다시 처음부터 해보기로 했다. 원–투–원–투–스웨이–투. 여전히 어설프지만 그래도 덜 허둥지둥하며 원–투–원–투–스웨이–투. 이 동작이 몸에 익어 물 흐르듯 자연스러워지면 내 몸을 조금이나마 더 잘쓰게 됐다고 생각할 수 있겠지 하고 기대하며, 또 원–투–원–투–스웨이–투.

맞을 준비가
돼 있다

첫날 돈을 덜 받은 코치님이자 이 체육관의 관장님이 미트 훈련을 하기 전에 내게 물었다.

"혹시 제가 때릴 때 기분이 상하거나 그러진 않으세요?"

나는 두 팔을 펄럭이며 전혀 그렇지 않다고 말했다. 그러자 코치님이 장난스럽게 말했다.

"그럼, 계속 때릴게요."

그리고 그날, 나는 태어나서 처음으로 복부를 제대로 맞았다. 엄청 아프지는 않았지만 '쪼끔' 아픈 정도. 한 번 맞고 '어!' 하고 놀라며 방어 자세를 취했지만 이미 늦었고, 두 번째 맞고 '엇!' 하고 놀라며 방어 자세를 취했지만 역시 또 늦

난생처음 킥복싱

었다. 두 번 맞고 나서 정신을 바짝 차려서인지 이후에는 맞지 않았다. (코치님이 봐줬을 가능성이 농후하긴 하지만.)

관장님과 킥복싱을 할 때면 다른 분들과 할 때와는 달리 '힘'에 대해 자주 생각하게 된다. 코치님의 힘에 맞서는 내 힘도 좋아졌으면 좋겠다는 생각, 그의 강함이 내게로 흡수돼 나 역시 강해졌으면 하는 생각. 이른바 '선출'인 코치님은 샌드백 같다. 코치님 미트에 주먹을 꽂을 때면 내가 지금 얼마나 단단한 사람과 부딪히고 있는지를 온몸으로 느낀다. 그래서 내 주먹을 코치님 미트에 갖다 대는 것만으로도 훈련이 되는 기분이다.

몸은 또 어떤가. 코치님은 얼핏 보면 그저 마른 남자다. 얼핏보다 조금 더 길게 쳐다봐도 역시 그저 몸 관리 잘한 젊은 남자로만 보인다. 하지만 그가 올바른 자세를 알려주기 위해 이런저런 동작을 취할 때면 그의 몸이 얼마나 잘 단련돼 있는지 알 수 있다. 특히 이걸 왜 평소에 몰랐을까 싶을 정도로 하체가 단단하고 두껍다. 어쩌면 그의 몸은 말로만 듣던 '체지방 0, 근육 100'의 몸인지도 모르겠다. 온몸이 그야말로 단단한 단단 코치님.

그런 단단 코치님이 팔과 다리로 시도 때도 없이 나를 공격해온다. 몇 번은 속수무책으로 연속해서 맞기도 했다.

팔로 얼굴을 방어한 채 열 대(어쩌면 스무 대) 정도 맞은 적도 있다. 코치님이 너무 다다다다 공격을 해오니 방어할 생각조차 하지 못했다. 그렇게 흠씬 두들겨 맞고 나서 공격이 멈췄기에 가드 사이로 빼꼼히 쳐다보니 코치님이 왜 그렇게 맞고만 있느냐는 표정으로 나를 빤히 바라봤다.

"그렇게 계속 맞고 있으면 어떡해요?"

그럼 나더러 어쩌라고요? 방어할 틈도 안 주고!

"그럼 제가 뭘 어떻게?"

"도망가야죠. 공격을 도저히 막지 못하겠으면 도망가야 해요. 줄행랑이요."

아하. 그날은 처음이자 마지막으로 올바르게 줄행랑치는 연습도 했다. 그렇다. 줄행랑에도 기술이 필요하다.

그간 주먹 공격만 하더니 어느 날 단단 코치님은 순식간에 하이킥을 해오기도 했다. 정신을 차리고 보니 코치님의 발끝이 어느새 내 턱밑까지 와 있었다. 칼도 아닌데 그리 겁을 먹을 필요는 없지만, 그건 분명 근육 100인 다리와 연결된 발이어서 나는 순간 호흡을 멈췄고, 영화에서 자주 보던 장면처럼 눈만 껌뻑이며 그 자리에 그대로 굳어버렸다. 문득 코치님이 마음만 먹는다면 나 같은 건 그냥…… 한 방에…… 아, 더 생각하지 말자. 언젠가 코치님이 말했으니까.

　　　　　　　　　　　　　　　　난생처음 킥복싱

본인은 링 밖에선 싸운 적 없다고.

그날 처음으로 하이킥을 배웠다. 상대 옆구리 정도의 높이로 발차기를 하는 미들킥만 하다가 상대의 얼굴을 가격하는 발차기를 처음 해본 것이다. 상대의 얼굴을 가격하려면 무엇보다 가랑이에 전해지는 고통을 참아내야 한다는 것, 나보다 키가 큰 상대의 얼굴을 가격하기란 결코 쉽지 않다는 것만 배웠지만, 그래도 코치님이 다리를 쫙 찢으며 하이킥을 하는 모습을 보며 킥복싱이 단지 파워만 필요한 운동은 아니라는 걸 알았다. 요가만큼은 아니어도, 내가 원하는 대로 몸을 움직일 수 있을 만큼의 유연함은 필요할 듯했다.

단단 코치님은 며칠 전에도 잘 단련된 몸을 휘두르며 연신 나를 공격해왔다. 그때마다 나는 근본 없는 몸부림을 치며 어떻게든 그의 공격을 막아냈다. 코치님이 근육질 다리를 뻗으면 내 가련한 다리를 들어 맞섰고, 복부 공격을 당하면 힘이라곤 없는 두 팔로 그의 단단한 팔을 야멸차게 물리쳤다.

코치님은 자신이 공격하면 기분이 상하지 않느냐고 물었지만, 나로서는 사실 더 맞고 싶은 마음이다. (하지만 이 마음은 비밀이다.) 몇 번 맞아봐야 정신 바짝 차리고 방어할 수 있다는 면에서, 나는 계속 맞을 준비가 돼 있다.

쥐가 하는
고양이 생각

내가 다니는 체육관은 주말에는 쉰다. 공휴일도 꼬박꼬박 챙겨 쉰다. 평일엔 오전 11시부터 밤 11시 30분까지 운영하는데, 중간에 두 시간 브레이크타임을 갖긴 하지만 코치님들이 꽤 긴 시간 일하는 건 분명하다. 한 사람이 하루에 몇 시간을 최대로 일하는지는 모르겠다. 다만 짐작하건대 적어도 두세 명의 코치님은 하루 열 시간 넘게 일하고 있지 않을까.

그럼에도 주말과 공휴일엔 무조건 쉴 수 있는 것 같아 마음이 놓였다. 마음이 놓이고, 마음에 들고. 어찌나 마음에 들던지 이곳 코치님들이 잘 쉰다는 사실 때문에 나는 이 체육관이 더 좋아지기까지 했다. 누군가의 고된 노동을 마주하는 일이 나는 버겁다. 노동을 신성시하는 척하면서 고된 노동을 아름답게 포장하는 글을 읽는 것도 싫다. 짧게 일하고 길게 쉬는 세상. 1872년에 태어난 영국의 논리학자이자 철학자이자 수학자이자 사회비평가인 버트런드 러셀은 그 옛날 이미 그런 세상이 가능하리라고 봤는데, 여전히 이 세상은 그런 세상이 아니다.

월요일 밤 느지막이 체육관에 간 적이 있다. 친구들을 만나고 부랴부랴 늦지 않게 체육관에 도착하니 밤 10시경이었다. 내가 예상한 그림은 이런 것이었다. 주말을 푹 쉬고 나온 코치님들의 뽀송뽀송한 얼굴, 밤늦게 운동을 하러 체육관을 찾은 소수의 회원, 어딘지 노곤한 분위기, 그런 분위기에 흠뻑 취해 나를 닦달하지 않는 코치님들, 행복한 훈련 시간. 그런데, 아니었다. 체육관 유리문 밖에서 안을 들여다보다 깜짝 놀랐다. 세상에, 체육관에 사람이 가득하다.

이 시간에도 이렇게 많은 사람이 운동하고 있다는 사실이 언뜻 실감되지 않았다. 보통의 나는 밤 10시가 되면 슬슬 침대를 바라보기 시작한다. 정말 재미있는 예능이나 드라마를 보고 있던 게 아니라면 과감하게 노트북을 덮고 침대 맡 조명을 켠 뒤 형광등을 끈다. 이젠 이불 속으로 몸을 쏙 넣고 어제 읽다 만 책을 읽으며 스마트폰 중독자답게 자주 스마트폰을 만지작거리다가 잠에 들기만 하면 된다. 내가 슬슬 하루를 마무리하려는 이 시간에 누군가는 이토록 격렬한 노동(또는 운동)을 하고 있었다니.

사람이 득시글한 체육관 안으로 몸을 밀어 넣었다. 얼른 옷을 갈아입고 나와 나도 득시글한 무리에 한몫하며 스트레칭을 했다. 바쁜 와중에도 코치님들은 나를 아는 체했는데, 그런 코치님들의 얼굴을 보고 속으로 깜짝 놀랐다. 내가 늘 봐오던 얼굴이 아니었다. 저건, 피곤이다, 피곤에 절은 얼굴, 피곤에 지친 얼굴.

내게 킥복싱을 지도해준 코치님의 얼굴은 벌겋게 달아올라 있었다. 방금 다른 회원과 미트 훈련을 끝내고는 한숨 돌리지도 못한 채 나를 훈련시켜주려던 참이었다. 마음이 좀 안 좋아졌다. 다른 사람의 고된 노동을 목격한 것만 같았다. 그래서였을까. 나도 모르게 발을 살살 찬 건. 왠지 너무 세게 차면 가뜩이나 피곤한 코치님이 더 피곤해질 것 같았다. 그런데 너무 티 나게 살살 찬 걸까. 즉각 코치님의 지적이 날아왔다.

"다리에 힘이 너무 없으시네요. 다시 차세요, 세게요!"

난생처음 킥복싱

나는 나중에야 내 행동이 얼마나 우스웠던 건지 알게 됐다. 코치님들 입장에선 내 발차기 힘은 힘이라고 볼 수도 없던 건데. 가끔 운동을 하고 있으면 귀에 엿이 딱 붙는 것처럼 엄청난 사운드의 발차기 소리가 들릴 때가 있다. 화들짝 놀라 타격음이 들리는 곳을 쳐다보면 거대한 덩치의 남자 회원이 코치님의 미트를 향해 무지막지한 발차기를 하고 있다. 코치님들은 그런 발차기도 아무렇지 않게 받아내는데, 내가 뭐라고 살살 찬 걸까.

나름의 착한 마음을 발휘해 최선의 행동을 한다고 했는데, 돌아온 결과는 지적뿐. 그러니 어쩌겠는가. 맞는 사람이 이렇게 나오는데 더 세게 찰 수밖에. 나는 너무나도 피곤해 보이는 코치님을 향해 주먹을 날렸고, 또 너무나도 피곤해 보이는 코치님을 향해 발을 찼다. 코치님은 너무나도 피곤한 얼굴을 한 와중에도 내 주먹과 발을 간결하게 받아냈고, 내 자세의 문제점을 지적하는 것도 잊지 않았다.

"발을 찰 땐 발등에서 발목까지의 면적 전체로 찬다고 생각하세요. 발끝은 펴야 하고요. 안 그럼 발가락 다쳐요. 자, 다시 발!"

나는 코치님이 하라는 대로 주먹과 발을 날렸다. 코치님이 "원, 투, 쓰리!" 하면 왼 주먹, 오른 주먹, 왼 주먹을 날렸고, "오른발 두 번!" 하면 오른발로 두 번 연속 발차기를 했다. 그렇게 계속 주먹과 발을 날리다 보니 힘이 점점 빠졌고, 숨이 가빠졌으며, 혀도 나왔고(힘이 들면 왜 혀가 나올까), 몸이 흔들흔들 중심을 잃었다.

숨이 턱까지 찬 탓에 제대로 서 있지도 못하는 나를 쉬게 해주는 것도 잠시, 코치님은 내게 턱 점프를 아느냐고 물었다. 내가 되물었다.

"턱 점프?"(숨이 가빠서 문장 끝에 '요' 자를 못 넣는 일이 빈번해지고 있다.)

제자리높이뛰기를 말하는 거였다. 이때의 키포인트는 무릎이 가슴에 닿을 만큼 무지 '노오피' 뛰어야 한다는 것. 시범을 보이는 코치님의 점프 실력은 그야말로 엄청났다. 사람이 어떻게 이렇게 한순간에 붕 뜰 수 있는지 놀랄 만큼. 무라카미 하루키는 공중부양 하는 꿈을 자주 꾼다고 했는데, 나도 오늘 잠을 자다가 코치님이 공중부양 하는 꿈을 꿀 것만 같았다.

점프 실력이 뛰어난 점프 코치님의 시작 신호에 맞춰 나도 몸을 붕 띄웠다. 하지만 나는 '붕'이 아닌 '피이웅'이 됐다. 땅을 벗어나자마자 공기가 다 빠져버린 풍선처럼 곧바로 땅으로 곤두박질쳤다. 다시 한번 해봤다. 하지만 파닥거

난생처음 킥복싱

리는 느낌으로 겨우 발을 허공에 띄울 수 있을 뿐이었다. 파다닥 파다닥 몸을 띄울 때마다 어쩐지 부끄러워 바닥에 시선을 고정해야 했는데, 그러다 보니 더 빨리 곤두박질쳐지는 듯도 했다.

턱 점프가 끝나자 본격적인 지침이 내려왔다. 턱 점프와 킥복싱을 결합해 5회 반복하라는 것. 턱 점프 10회 실시 후 원-투 5회 실시, 5회 반복. 오케이…….

마지막으로 오른 주먹을 코치님의 미트에 꽂자마자 나는 곧바로 바닥으로 나가떨어졌다. 여전히 벌건 얼굴의 코치님은 그런 나를 바라보며 "글로브 벗고 물 한잔 마시고 체력 단련 이어서 하세요"라고 말했다. 얼굴색과 전혀 어울리지 않는 여유 있는 미소를 띤 채. 내게서 등을 돌려 다른 회원에게 다가가는 코치님의 뒷모습에선 어떤 에너지가 졸졸 새어나오는 듯했고, 그것은 내 것과는 질적으로 차이 나는 에너지라는 게 바닥으로 나가떨어진 내 결론이었다. 나는 그날 확실히 알았다. 적어도 체력에 관해서라면 내가 코치님들을 걱정해야 할 이유가 눈곱만큼도 없다는 걸.

2장

그래도,
안 되던 게
되고 있잖아요

살아가면서 '뭔가'를 하고 싶은 마음이 든다면
이미 그 '뭔가'를 잘해낼 재능이
내 안에 있는 거라는 말을 들은 적이 있다.
내 안에 재능이 없다면 그 '뭔가'를 하고 싶은 마음도
안 들뿐더러 그 '뭔가'를 할 엄두조차 내지 못한다는 거였다.
이런 말은 가슴을 뛰게 한다.

그래도 안 되던 동작이
되고 있잖아요

"체력이 좋아지는 게 느껴지시나요?"

운동을 시작한 지 3주째부터 코치님들이 묻기 시작했다.

그러면 나는 누가 내게 24 곱하기 57 더하기 1003의 답이 뭔지 아느냐고 물은 것처럼 고심 끝에 이렇게 대답하곤 했다.

"모르겠어요."

모르겠다는 내 말은 진실이다. 정말이지 체력이 좋아졌다는 걸 어떻게 알 수 있을까. 아침에 일어날 때 전에 없이 힘이 넘친다던가, 외출을 하고 돌아와도 기운이 남는다던가 하는 상황은 아직 벌어지지 않았다. 여전히 외출을 하고 돌아오면 단기 여행이라도 다녀온 듯 기력이 달리고, 또 일주일에 두세 번은 가본 적도 없는 스페인 문화를 참고해 짧은 낮잠을 자야 하기도 하니까.

그런데 그렇다고 체력이 전혀 좋아지지 않았느냐고 묻는다면 "좋아지지 않은 건 아닌 것 같아요"라고 대답하고는 싶다. 그러면 따지듯 이렇게 물을 수도 있겠지.

"그러니까 한 달 운동했더니 체력이 좋아졌다는 거야, 아니라는 거야?"

그러면 나는 이렇게 힘을 주어 대답하련다.

"일상에서는 잘 모르겠는데 운동할 때는 확실히 어떤 변화가 느껴지긴 하거든요!"

운동할 땐 내 몸이 조금 달라졌다는 걸 느낀다. 여전히 동작을 완벽하게 할 수는 없지만 버피를 할 때도 확실히 예전보다 몸을 더 잘 움직일 수 있게 됐다. 처음엔 쭈그려 앉은 자세에서 한순간에 다리를 뒤로 쭉 펴는 동작이 전혀 안 됐다. 그런데 이젠 어찌어찌 한 번에 다리를 뒤로 보낼 수는 있게 됐다. 버피 하나를 끝내는 시간도 줄었다. 코치님은 20초에 일곱 개는 해야 한다고 하지만 어쨌든 20초에 다섯 개는 할 수 있게 됐다.

버피뿐 아니라 마운틴 클라이머도 마찬가지다. 푸시업

난생처음 킥복싱

기본자세에서 양다리를 번갈아가며 재빨리 가슴까지 올렸다 내렸다 하는 동작인데, 물론 오래 하고 있으면 한순간에 팔이 휙 꺾일 것 같고 후들거리지만 그래도 전보다는 오래 버틸 수 있다. 이런 약간의 변화가 느껴지니 이렇게 생각하게는 된다. 모르긴 몰라도 내 몸이 조금 좋아진 것 같다고.

　　그런데 이게 나만의 착각은 아닌 듯하다. 며칠 전 양손으로 철봉을 잡고 심호흡을 하고 있을 때였다. 코치님이 타이머를 내 발치에 놓으며 말했다.
　"철봉에 매달려 있는 것만으로도 운동이 돼요."
　그렇다면 괜히 고되고 괴로운 버피니 마운틴 클라이머니는 안 하고 철봉에만 대롱대롱 매달려 있으면 될 일 아닌가. 이런 생각을 하며 가뿐한 마음으로 철봉에 대롱, 매달렸는데 매달리자마자 아뿔싸, 잊고 있던 학창시절 체력장이 떠올랐고, 그때 우리 반 애들 중 절반 이상이 철봉에 매달리자마자 수직 낙하했었다는 걸 기억해냈으며, 나도 그중 하나였다는 생각이 나 머리가 아찔해졌다. 코치님은 "20초 동안 참으세요"라고 했지만 나는 이게 참는다고 참을 수 있는 건지 확신할 수 없어서 대답 대신 눈을 질끈 감았다. 다행히 매달리자마자 떨어지진 않았고 그래도 한 5초는 버텼으며, 그렇게 계속 매달리다 떨어지다를 반복했다.

그렇게 20초 매달리기 다섯 세트를 벌받는 기분으로 하고 있는데, 정수기 앞에 서 있다가 내 쪽으로 다가오는 단단 코치님이 보였다. 코치님은 철봉에 매달려 있는 내게 떨어지지 말라고 주의를 준 다음, 팔짱을 낀 채 말했다.

"이제 회원님 몸에도 근육이란 게 생기기 시작한 것 같네요. 내 몸에 근육이란 게 생기기 시작했다. 오늘 꼭 일기 쓰세요."

네? 아니, 뭘 보고 그런 말을 하시는 거죠? 오래 버티기는 고사하고 주야장천 떨어지면서 시간을 다 보냈는데? 이런 의문이 들긴 했지만, 나는 힘 빠진 두 팔을 툭툭 털며 어느새 코치님이 한 말을 되새겨보고 있었다. '내 몸에 근육이란 게 생기기 시작했다.' 책 제목 같기도 한 이 문장이 나는 무척 마음에 들었고, 내가 느낀 내 몸의 변화를 확인받는 기분도 들었으며, 그래서 나는 정말 집으로 돌아가 운동일지를 쓸 때 제목으로 이 문장을 채택해야겠다고 생각했다.

물론 이렇게 말한다고 해서 내 체력이 단 한 달 만에 저질에서 벗어났다는 말은 아니다. 얼마 전 마지막 운동을 끝내고는, 늘 에너지가 넘쳐서 '나도 그 에너지 좀 나눠주세요' 하고 말하고 싶어지는 에너지 코치님에게 넌지시 물었다.

"저 정말 저질체력이죠?"

에너지 코치님은 역시 프로답게 "네, 회원님은 정말 엄청난 저질체력입니다"라고 대답하진 않았다. 하지만 대답하지 않음으로 내 말을 긍정했으며, 이에 내가 실망이라도 할세라 얼른 이렇게 말해줬다.

"그래도 안 되던 동작이 되고 있잖아요."

나는 코치님의 말에 기분 좋게 웃음을 터트렸다. 그러고는 이 문장도 되새겨봤다. '그래도 안 되던 동작이 되고 있잖아요.' 나는 이 문장도 무척 마음에 들었고, 역시나 일지에 적어 넣었으며, 그 결과 이 글의 제목이 됐다. 그러니까 한 달 운동의 결과는 이렇다. 코치님들 말처럼 내 몸에 근육이 생기기 시작했으며 안 되던 동작을 그런대로 할 수 있게 됐다. 이 정도면 확실히 체력이 조금 좋아졌다는 말이겠지?

가끔은 20초가
영원 같다

탈의실에서 옷을 갈아입고 나온 내 눈에 보이는 체육관의 시간 배경은 언제나 어스름이 진 저녁이다. 어둡지만 완전히 어둡지는 않고, 필요한 곳곳을 조명이 알맞게 비춘다. 나는 나처럼 위아래로 검정색 운동복을 입은 회원들이 어둠을 배경으로 운동하는 모습을 힐긋 보고 나서 스트레칭존 전신거울 앞에 선다. 언제나처럼 왼쪽 벽에 붙은 스트레칭 순서를 보면서 세심하게 스트레칭을 한다. 스트레칭이 끝나면 제자리뛰기를 3분 하거나 스쿼트를 50번 하거나 버피를 20번 해서 몸을 달군다. 몸이 다 달궈졌다 싶으면 오른편 정수기 쪽으로 몸을 돌린다. 그러면 저 멀리서 어김없이 나를 주시하고 있던(회원 모두를 주시하고 있던) 코치님과 눈이 마주친다.

코치님이 손짓한다. 손짓에 이끌려 다가가면 코치님은 칠판을 보며 오늘의 와드(WOD, Workout of The Day, 오늘의 운동)를 설명한다. 이를테면 이런 식이다.

"어썰트 바이크 0.5마일, 스윙 50회, 마운틴 클라이머 30회, 3라운드 하시고요. 다 끝나면 니업 50회, 플랭크 1분, 3라운드 하시면 돼요."

이제 체육관에서의 시간 흐름은 인생에서의 시간 흐름과 같다. 하루는 짜증 날 정도로 더디게 흐르는데 1년은 눈 깜짝할 새에 지나간 것처럼 느껴지듯, 운동 하나를 할 때면 초 단위로 시간을 따지게 되는데 운동을 다 끝내면 언제 한 시간이 다 지나갔나 싶다. 특히 로프 같은 운동을 할 때는 시간이 처참할 정도로 느려진다. (배틀로프라고도 하는데, 이름 그대로 전쟁 같은 운동이다.) 로프 운동을 할 때마다 마치 지구보다 더 무거운 행성이 내 행동반경 안으로 들어온 것만 같다.

로프 운동 방법은 간단하다. 먼저 반대쪽에 고정돼 있는 로프를 한 가닥씩 양손으로 잡는다. (로프의 굵기는 엄지와 검지 끝을 맞닿으면 만들어지는 동그라미 정도다.) 이제 꽉 잡은 로프를 번갈아 바닥으로 패대기치기만 하면 된다. 보통, 한 번에 20초 동안 패대기친다. 패대기는 빠르게, 최대한 빠르게. 그럼 로프가 파동을 그리며 아름답게 뻗어나간다. 물론, 잘 패대기칠 때만 아름다운 파동이 생긴다.

다른 많은 동작과 마찬가지로 로프 또한 그다지 어려워 보이지 않지만, 막상 해보면 이건 정말 내가 해선 안 될 운동 같다. 로프를 흔들 때마다 누가 내 팔뚝을 사정없이 후려치는 느낌이다. 절로 욕 비슷한 신음이 나온다.

평소 같으면 20초는 정말 눈 깜짝할 사이에 흘러갈 시간이다. 텔레비전 중간 광고가 60초라고 하면, 그 3분의 1 길이다. 얼마나 짧은 시간인가. 일주일 동안 기다린 웹툰의 업데이트 알람을 듣고 바로 들어가 대사 몇 개 읽으면 어느새 흘러가 있는 시간이기도 하다. (타이머 들고 직접 재봤다.) 국가대표 축구 경기를 볼 때도 20초는 순식간에 지나간다. 손흥민이 하프라인 안쪽에서 골을 빼앗아 멋지게 달려온 뒤 황희찬에게 패스하면 황희찬이 저 멀리 황의조에게 패스하고, 그러면 황의조가 페널티라인 근처에서 근사하게 뒤로 돌며 골을 키핑하는 그 짧은 시간도 20초 정도이지 않을까.

하지만 로프 운동을 할 때면, 시간은 천천히 흐르다 못해 정말이지 영원처럼 느껴진다. 《이상한 나라의 앨리스》에서 앨리스는 "영원이라는 게 어느 정도의 시간이지?" 하고 흰토끼에게 묻는다. 흰토끼는 대답한다. "가끔은 1초만으로도 영원일 수 있지." 정말 멋진 대답이지만, 그래도 1초는 조금 심했다. 그치만 20초는 정말 가끔 영원일 수 있다.

이렇게 로프, 어썰트 바이크, 플랭크 등등의 느림을 징글맞게 겪고 나면 어느새 오늘 치 운동을 끝마친 상태다. 시계를 보면 한 시간이 훌쩍 지나 있고, 나는 그 모든 느림을 금세 잊은 채 오늘도 시간이 너무 빨리 흐른 것 같아 아쉬움을 느낀다. 어쩐지 조금 허탈해하며 한 시간의 과거를 되새기면서 마무리 스트레칭을 한다.

이제 다시 체육관 밖으로 돌아갈 시간이다. 샤워를 마치고 탈의실을 나와 체육관 문을 나선다. 그다지 느리게도, 빠르게도 흐르지 않는 익숙한 시간 속으로 다시 들어온 나는 집으로 시적시적 걸어간다. 오기 전과는 조금 달라진, 어쩌면 조금 더 강해졌을지도 모를 몸으로.

회원님,
허리 구부리시면 안 돼요

"회원님, 허리 구부리시면 안 돼요."

코치님이 누군가에게 말했다.

"회원님, 지금 허리가 앞으로 기울어져 있어요."

코치님이 또 누군가에게 말했다. 누구야, 누구 허리가 기울어져 있는 거야, 아, 신경 쓰여.

"회원님, 허리를 쭉 펴세요."

이쯤 되면 자기 자신을 의심해봐야 하는 게 인간의 도리. 기분이 이상했다. 어쩐지 코치님 목소리가 아까보다 더 크고 분명하게 들리는 것만 같다. 문득 그 목소리가 애타게 부르짖는 '회원님'이 나일 것 같다는 의심이 든다. 의심에 휩싸인 나는 귀신의 존재 유무라도 확인하려는 사람처럼 굼뜨게 좌측 거울 쪽으로 고개를 돌렸다. 거울 속의 나는 목 베개처럼 생긴 8킬로그램 불가리안백을 두 손으로 들고 있었는데, 허리가 정확히 9도 앞으로 기울어져 있었다. 나였구나, 나였어, 내가 회원님이었어. 나는 귀신도 눈치 채지 못할 만큼 은근슬쩍 허리를 폈고, 그 순간 거울 속에서 코치님과 눈이 딱 마주쳤다. 코치님은 말없이 고개를 끄덕였고, 나도 말없이 고개를 끄덕였다.

다시 정면 거울을 바라보며 섰다. 양발을 적당히 벌리고 나서 허리를 곧추세웠다. 위팔을 옆구리에 바짝 붙이고는 불가리안백을 잡은 손에 힘을 줬다. 다시 운동 시작이다. 아래팔을 가슴까지 올렸다가 내리길 반복한다. 얼굴을 구긴 채 올렸다 내렸다 다섯 번쯤 하니 어어, 허리가 다시 기울어진다. 팔 힘만으로 8킬로그램 무게를 감당하지 못하겠으니 허리힘을 사용하려고 절로 허리가 구부러지는 것이다.

시작할 땐 이까짓 것 싫은 운동도 하다 보면 헉 소리가 절로 난다. 헉, 싶으면 여지없이 자세가 무너진다. 그러면 가차 없이 코치님들이 달려들어 하나를 해도 제대로 된 자세로 해야 한다고 설득한다. 하지만 설득이 그리 쉽게 통할까. 눈을 흐리멍덩하게 뜬 채 묵묵부답 부동자세로 서 있으면, 코치님들은 또 여지없이 온몸으로 동작을 해 보인다. 완벽한 자세로 능숙하게. 그러면 나는 코치님의 자세를 머릿속에 고이 새겨 넣고는 다시금 코치님들 면전에서 동작을 해 보인다. 완벽하진 않지만 그래도 아까보단 조금 나아진 자세로. 하지만 이 자세도 조만간 또 무너질 것이다. 이게 반복된다. 자세 잡고, 무너지고, 또 자세 잡고, 무너지고.

자세를 제대로 잡는 것이 관건이긴 한 것 같은데 영 되질 않으니 나로서도 답답할 뿐이라는 걸 코치님들은 알까. 크로스핏을 할 때도 자세가 말썽인데, 킥복싱을 할 때는 아주 기본적인 자세마저 제대로 하지 못한다. 오른발을 한 발 뒤에 두고 두 팔로 얼굴을 가리며 서는 기본자세. 이 자세마저 제대로 안 나온다. 특히, 훈련 중에 자꾸 이 자세를 풀어버려서 지적을 수도 없이 받고 있다.

그간 훈련 때마다 발차기를 하지 않은 날이 없는데 발차기라고 예외는 아니다. 훈련 첫날에 이런 말을 들었다. 오른발차기를 할 때는 땅을 딛고 있는 왼발의 각도를 넓혀줘야 하고, 왼발을 찰 때 역시 오른발 각도를 넓혀줘야 한다고. 디딤 발 각도를 넓혀야 하는 이유는 허리를 틀기 위해서다. 허리를 틀어줘야 발을 제대로 찰 수 있다. 그런데 자꾸 각도 넓히기를 잊는다. 그러니 코치님의 목소리가 커질 수

밖에.

"디딤 발을 더 바깥쪽으로!"

디딤 발도 디딤 발이지만 허리 트는 것도 자꾸 잊는다. 발등으로 상대의 옆구리를 가격하려면 몸을 많이 틀어줘야 하는데 그러질 않으니 발차기가 시원스레 되지 않는다. 얼마 전에는 보다 못한 점프 코치님이 내 발목을 두 손으로 움켜잡더니 직접 본인의 옆구리에 갖다 대며 말했다.

"이 자세를 잘 기억하세요. 발등이 옆구리를 정확히 차야 하는 거예요. 그러려면 골반과 허리를 더 틀어야 하고요. 그런데 자꾸 트는 걸 잊으시잖아요."

이런 지적을 받으면 그 순간에는 어떻게든 허리와 골반을 틀어 코치님이 원하는 발차기를 만들어낸다. 하지만 나는 어느새 또 어정쩡한 자세로 발차기를 하고 있다. 나라고 이러고 싶어서 이러겠나. 그럴 리가! 나도 어쩔 수 없으니 이러는 거다. 팔 힘이 없는 사람이 푸시업 두세 번 만에 자세를 무너뜨리는 것과 같다. 다리 힘과 코어 힘이 부족하니 갈수록 몸을 제대로 틀지 못하고, 몸을 제대로 틀지 못하니 발차기가 제대로 안 나오는 거다. 좋은 자세는 좋은 체력에서 나온다. 그러니까 역시 문제는 또 체력이다.

때론 조심스럽게
달래가며 살살

운동을 하기 전부터 허리나 무릎이 한 번쯤은 아플 거라고 예상하긴 했다. 멀쩡한 사람도 운동을 하다 보면 부상당하기 쉬운데, 멀쩡하지 않던 나라면 더 높은 확률로 부상을 당하겠지 싶었다. 더더구나 내가 하는 운동은 킥복싱과 크로스핏 아닌가. 격투기와 정평 난 고강도 운동. 생각했던 것보다 더 고강도인 운동을 하면서 '이러다, 언제고, 한 번' 하는 생각을 자주 했던 것 같다. 그럴 때마다 '그런 생각은 안 돼!' 하며 생각을 뚝 자르곤 했는데, 결국 통증이 시작되고야 말았다.

체육관에 다닌 지 한 달이 조금 넘었을 때 무릎이 아프기 시작했다. 딱히 어떤 한 가지 운동이 원인 같지는 않았다. 운동이라곤 걷기밖에 안 하던 사람이 생전 처음 무거운 기구를 들고 몸 곳곳을 자극하는데 안 아프기도 어려울 것 같았다. 무릎 통증이 찾아온 초반 며칠은 아무한테도 말 못하고 혼자 속을 끓였다. 운동을 계속하고 싶은데 괜히 말했다가 하지 말란 소리나 들을 것 같아서. 그즈음 위통이 심해서 참다 참다 병원에 갔는데 그때도 의사 샘에게 운동 얘기는 꺼내지 않았다. 혹 고강도 운동을 해서 위통이 심해진 건지 궁금했지만, 그냥 아프니 약을 달라고만 했다. 위통이 있을 땐 격렬한 운동을 하지 말라는 글을 본 터라, 의사 샘이 운동을 쉬라고 할 것 같았기 때문이다. 위통을 포함해서 몸에 통증이 하나도 없을 때만 운동을 해야 한다면, 나는 평생 운동을 할 수 없는 사람이라는 말밖에 안 됐다.

그나마 위통은 이상하게도 체육관 안에만 들어오면 크게 느껴지지 않았다. 아무래도 체육관이 터져나갈 듯 울려대는 음악 소리 때문인 것 같았다. 원래 청각이 예민해서 주위가 너무 시끄러우면 다른 감각이 무뎌지곤 하는데, 통각마저 무뎌진 게 아닌가 싶다. 집에선 위통 때문에 시름시름 앓다가도 어두컴컴한 체육관에서 정신을 혼미하게 하는 음악에 몸을 맡기고 있다 보면 어느새 위통이 사라졌고, 나는 그냥 평소보다 조금 기운이 없는 채 운동을 할 수 있었다.

하지만 무릎은 달랐다. 위를 아프게 하는 게 자극적인 음식이라면(아니면 자극적인 생각, 그것도 아니면 자극적인 세상?), 무릎을 아프게 하는 건 자극적인 운동이니까. 나는 지금 여기 체육관에 자극적인 운동을 하러 온 거니까.

며칠 쿡쿡 쑤시는 무릎을 콩콩 때리며 지내다가 하는 수 없이 에너지 코치님에게 나직한 목소리로 내 무릎 상황을 알렸다. (물론 이곳 체육관에선 나직한 목소리가 불가능하지만 여하튼 느낌으로는 나직하게.) 늘 약간 들뜬 모습이던 코치님이 바로 표정을 바꿨다.

"많이 안 좋으세요?"

"많이는 아니에요. 그냥 조금."

코치님은 평소보다 조금 낮은 목소리로 말했다.

"알겠어요. 아플 땐 무리하면 안 돼요. 무릎에 무리가지 않도록 와드 짜드릴게요."

무릎에 무리가 가는 운동은 당분간 피하기로 했다. 킥복싱 훈련을 할 때도 연속 발차기는 하지 않았다. 쉬지 않고 연속으로 발차기를 하려면 땅을 딛고 있는 발이 계속 낮게 점프를 뛰면서 리듬을 만들어줘야 한다. 한 다리로 몸무게를 지탱하며 점프하는 건 분명 무릎에 무리가 갈 터였다.

연속 발차기는 힘들긴 하지만 다 하고 나면 뭔가 후련한 기분이 들어 좋아하던 거였다. 아쉽다, 어쩔 수 없이 한동안은 펀치에 더 집중하는 걸로. 그렇게 1~2주 조심하자 다시 무릎이 좋아졌다. 코치님과 상의 후에 연속 발차기를 해봤는데 다음 날에도 멀쩡했다. 무릎은 클리어!

그런데 이번에는 허리가 말썽이다. 두 팔을 허리에 얹은 채 뒤로 젖혀도 보고, 손바닥으로 바닥을 짚으며 반으로 접어도 봤지만 불편한 느낌이 사라지지 않았다. 그간 괜찮다가 왜 이럴까 생각해보니 뭐, 그럴 만도 한 것 같았다. 힘이 아예 없을 땐 애초에 무거운 걸 들지도 못했다. 스윙도 케틀벨 4킬로그램, 6킬로그램을 들고 겨우 했으니까. 그러다 몸에 힘이 조금씩 붙으면서 자연스레 무게를 올리게 됐고, 아무래도 이렇게 올린 무게가 허리에 부담을 준 모양이다.

불편한 느낌이 들어서 곧바로 코치님에게 말했다. 코치님이 운동 종류와 강도를 조정해줄 수 있도록. 코치님이 조정해줘도 내 쪽에서 한 번 더 조심하긴 해야 한다. 결국 내 몸을 가장 잘 아는 건 나니까. 코치님이 평소보다 더 가벼운 케틀벨을 들고 스윙을 하라서 해봤는데도 여전히 통증이 느껴진다면 잘 생각해야 한다. 계속할지, 말지. 어쩌면 그날은 스윙 자체를 하지 말아야 하는 날일 수도 있다.

스윙을 할 때는 케틀벨 무게를 줄였고, 한 손으로 하는 얼터네이트 스윙은 당분간 하지 않기로 했다. 스스로 힘을 조절할 수 있는 머신 운동은 내가 알아서 통제했다. 스키가 연상되는 스키에르그 같은 기구를 탈 때는 너무 힘을 줘서 줄을 잡아당기지 않았다. 운동은 하되 조심스럽게. 몸을 챙기며 살살.

강도를 조절해가며 무리하지 않고 운동을 했더니, 어느덧 허리가 괜찮아졌다. 불편한 느낌이 사라졌다. 스윙을 할 때도 다시 자신감이 붙었다. 6킬로그램 케틀벨이 다리 사이로 들어갔다가 어깨높이로 경쾌하게 올라간다. 내가 느끼는 이 가벼움이 코치님에게도 전해진 걸까. 나를 유심히 지켜보던 에너지 코치님이 8킬로그램 케틀벨을 앞에 놓으며 말했다.

"이제 괜찮아진 것 같은데 그렇게 가벼운 걸로 하면 어떡합니까. 자, 보름님, 이제 이걸로 해요."

나는 기다렸다는 듯 케틀벨 8킬로그램을 들고 스윙을 하기 시작했다. 6킬로그램보다는 확실히 더 무거웠지만 그렇게 무겁게 느껴지지는 않았다. 조만간 무게를 더 높여도 될 것 같은데, 물론 몸 상태를 봐가면서.

난생처음 킥복싱

이제 보통이
되신 거예요

어느덧 운동을 시작한지 3개월쯤 됐다. 나도 내 몸이 조금 달라진 것 같기도 해서 확인해볼 겸 언니에게 물었다.

"언니, 나 운동 하고 좀 달라졌어?"

그러자 언니가 뭘 그리 당연한 걸 묻느냐는 투로 대답했다.

"달라졌지!"

이렇게 확신에 찬 대답이 나올지 몰랐던 나는 놀라서 되물었다.

"뭐가? 어떻게?"

"딱 봐도 달라졌어. 움직임도 그렇고. 몸에서 힘이 느껴져."

"내 몸에서 힘이 느껴져?"

"응."

내 몸에서 힘이 느껴지다니. 정말 생각지도 못한 대답이었다. 그간 내 몸에 관해 들어본 말이라고는 살이 빠지거나 찐 것 같다느니, 어깨가 왜 그리 넓으냐느니, 뱃살이 있거나 없어 보인다느니, 걸을 때 폼이 이상하다느니, 달릴 때 웃기다느니 하는 말뿐이었는데. 몸에서 힘이 느껴진다는 말. 이런 인상적인 평가는 처음이었다. 지금껏 내 몸에 관해 들은 말 중 가장 좋았다.

그다음 주에는 엄마에게 물었다.

"엄마, 나 운동 하고 몸이 좀 달라졌어?"

엄마도 언니와 마찬가지로 당연하단 듯이 말했다.

"완전히 달라졌지."

"어떻게?"

"좀…… 에너지가 생겼달까. 기운이 있어 보인달까."

"그전에는 어땠는데?"

"늘큰했지."

"늘큰? 늘큰이 뭔데?"

"글쎄. 늘……큰. 힘없이 늘……큰."

국어사전을 찾아보니 '늘큰하다'의 뜻은 '꽤 물러서 늘어지게 되다'였다. 물러서 늘어지다니……. 엄마한테 내 이미지가 이랬구나, 이랬어. 밀가루 반죽처럼 맥없이 늘어진 나. 하긴, 내게도 익숙한 내 모습이다. 생존에 필요한 최소한의 근육만 몸에 지닌 채, 살아가기 위해 겨우 앉았다가 일어나고, 일어났으니 걷고, 걷다가 피곤하면 드러눕던 일상. 그렇게 힘없이 드러누워 있던 나를 수식하는 말로 '늘큰하다'만큼 잘 어울리는 말도 없을 것 같았다.

하지만 이랬던 내 몸에도 서서히 체력이 붙고 있다는 걸 실감하는 요즘이다. 어디 가서 '내 몸은 쌩쌩합니다' 하고 자랑할 만큼은 아니지만 확실히 내 몸이 생존에 필요한 양보다는 조금 더 많은 에너지를 비축해놓고 있다는 느낌이 든다. 평소처럼 움직여도 기력이 바닥으로 떨어지지 않고 잠 들 땐 여분의 에너지 덕분에 왠지 예전보다 더 빨리 꿀잠에 진입할 수 있는 듯했다. 아, 나 건강해졌구나, 하는 느낌. 이런 느낌을 언제 마지막으로 느껴봤던가. 기억도 나지 않는다.

그래서 운동할 때도 조금 자신감이 붙었다. 내 체력의 한계를 의식하면서도 그 한계 내에서 조금 더 에너지를 끌어낼 수 있을 것 같았다. 나는 여전히 이 구역에서 운동을 제일 못하는 사람이지만, 그래도 분명 나는 달라졌으니까.
더 건강해졌으니까. 나는 내 몸이라는 작은 틀 안에서 더 견
고해지고 있으니까. 그렇지요, 코치님?

얼마 전, 8킬로그램 케틀벨을 들고 얼터네이트 스윙을
하고 있을 때였다. 스윙은 가장 대표적인 케틀벨 운동이다.
허리를 약간 숙이고 무릎은 조금 굽힌 채 두 손으로 케틀벨
을 잡고 다리 사이로 넣었다가 어깨 높이로 들어 올리는 운
동. 이걸 한 손씩 번갈아가며 하는 게 얼터네이트 스윙이다.
아무래도 두 손으로 하는 스윙보다 한 손으로 하는 얼터네
이트 스윙에 더 큰 힘이 필요하다.
이전에도 8킬로그램 케틀벨을 들고 얼터네이트 스윙을
한 적은 있다. 하지만 그래봤자 40~50개였다. 그런데 그날
은 무려 150개를 해야 한다고 했다. 처음에는 조금 걱정이
됐지만, 점프 코치님의 응원의 말("이제 이 정도는 하실 수
있을 거예요")에 힘입어 힘을 내는 중이었고, 이제 막 속으
로 80까지 숫자를 센 참이었다. 이어서 케틀벨을 한 팔로 힘
껏 올리며 81을 셌고, 또다시 미간을 찌푸리며 82를 세고 있
는데 단단 코치님이 내 옆에 와서 나를 지켜보는 게 보였다.
코치님은 케틀벨이 올라갔다 내려오는 움직임에 맞춰

　　　　　　　　　　　　　　　　　난생처음 킥복싱

자신의 턱을 올렸다 내렸다 하면서 말을 걸었다.

"8킬로그램으로 하고 계시네요."

칭찬의 말로 들리기에 힘든 와중에도 나는 수줍게 웃음을 지어 보였다. 그렇게 또 83을 세고, 84를 세려는데 코치님이 또 말을 걸었다.

"이제 보통이 되신 거예요."

84, 85. 보통? 나는 코치님을 바라봤다. 코치님의 흡족해하는 얼굴을 보자 체육관에 온 첫 주 어느 날이 떠올랐다. 코치님은 5킬로그램 원판을 내 앞에 놓고는 타이어 휠처럼 생긴 그 원판을 두 손으로 들어보라고 했다. 겨우겨우 가슴 높이까지 들어 올리자 이젠 두 손을 앞으로 쭉 뻗어보라고 했다. 5킬로그램 무게를 견디며 앞으로나란히를 할 수 있느냐는 말이었다. 으으으으. 팔을 앞으로 쭉 뻗어보려 했으나 덜덜덜 떨리기만 할 뿐 펴지질 않았다. 그런 내 모습을 보더니 코치님은 얼른 내 손에서 원판을 거둬갔다. 그때 코치님이 이렇게 말했었다.

"아이고, 팔 힘이 아예 없으시네요. 회원님은 다른 거 하셔야겠어요."

그리고 그날로부터 3개월이 지난 후 코치님은 내가 '보통의 인간'으로 거듭났음을 알리는 동시에, 이렇게 덧붙였다.

"이제 정상이 되신 거예요. 보름님."

86, 87. 정상? 정상. 내 몸이 이제 정상이 됐다는 말인가? 드디어?! 나는 코치님을 보며 아까보다 더 환한 미소를 지었고 그의 말이 왠지 고맙기도 하고 또 감격스럽기도 해서 고개를 과하게 끄덕였다. 코치님도 내 고갯짓에 반응하며 크게 고갯짓을 했다. 그러고는 쐐기를 박듯 유례없이 환하게 웃으며 내게 말했다.

"지금까진 재활이었던 거고요."

뒤통수를 확 후려치는 말이었다. 그렇구나 싶었다. 지금까지는 재활의 시간이었던 것이다. 체력을 플러스 값으로 키우려던 시간이 아니라, 마이너스 값을 0으로 끌어올리려던 시간이었던 것이다. 그런 거였다. 내 몸에서 힘이 느껴진다는 말, 더 이상 늘큰해 보이지 않는다는 말, 이건 모두 내 체력이 0이 됐다는 말이었다. 그리고 지난 석 달이 내겐 회복기였다는 걸 코치님 말을 통해 알게 됐다. 마치 순례길에서 막 돌아온 사람이 된 기분이었다. 순례자들은 수련의 길을 홀로, 때론 벗과 걸으며 마음을 회복한다. 어떤 이에겐 회복이 가장 큰 변화다. 나 역시 수련의 길을 홀로, 때론 벗과 걸으며 몸을 회복한 것이라는 생각이 들었다. 그리고 나에게도 회복이 가장 큰 변화다.

코치님은 사실을 쿨하게 전달하고 내 시야에서 사라졌고, 나는 또 홀로 수련의 길 위에 섰다. 변화의 정점에 선 사람으로서 나는 앞으로의 길을 가늠해봤다. 우선 근미래의 나는 얼터네이트 스윙 150개를 무사히 마쳐야 할 것이다. 조금 더 미래의 나는 푸시업을 50개 해야 할 것이고. 그보다 더 미래의 나 역시 뭔가를 들거나 타고 끈질기게 몸을 단련해야 할 것이다. 그렇게 보통의 몸이 쌩쌩한 몸이 될 테고, 쌩쌩한 몸이 자타공인 단단한 몸이 될 것이며, 그리고 그 끝엔, 지금껏 내가 가져본 적 없는 최상의 몸이 있을 것이다. 미래를 상상하는 건 늘 두려운 일이지만 이번만큼은 전혀 두렵지 않았다. 일주일에 세 번 집에서 20분을 걸어 체육관에 오기만 한다면, 나는 내가 예상하는 미래에 분명 당도해 있을 테니까.

잠시 터치 좀
하겠습니다

'운동하는 여자'가 된 나는 '운동하는 여자'에 관한 이야기를 즐겨 읽는다. 아무 생각 없이 멍하니 SNS를 훑다가도 '운동하는 여자'에 관한 이미지나 글이 있으면 집중해서 읽게 된다. 속으로 '와, 이게 무슨 요가 자세인데 이렇게 멋지지!' '와, 케틀벨 14킬로그램으로 스윙을 하네!' '와, 일흔이 넘으셨는데 보디빌더시네, 끝내준다!' 연신 감탄하면서.

요즘엔 운동하는 여자가 낸 책도 많이 나오는 터라 그 책들도 찾아 읽는다. 그러다 보면 운동하는 공간 안에서 '여자라서 겪게 되는 불편함'에 대한 이야기를 자주 접한다. 여성의 몸을 향한 시선이나 말, 또는 접촉. 쏟아지는 시선과

말과 접촉의 불쾌함 속에서 '운동을 계속하기 위해 그냥 넘겨야 할지' 아니면 '어디 운동할 곳이 여기뿐이랴, 내 할 말은 해야겠다며 행동해야 할지' 고민하는 여자들의 이야기.

나는 마지막으로 한 운동이 달리기이기도 하고(주로 사람 없는 데서 혼자 달렸다), 그 전에 수영을 할 때도 배울 것만 딱 배우고 자유수영 하러 온 사람처럼 굴었던 터라 내적 갈등이 발생하는 상황에 처한 적은 없다. 하지만 만약 고민스러운 상황에 처한다면 나는 내가 누구보다 더 심한 내적 갈등에 시달리게 되리라는 걸 잘 안다. 내적 갈등 후 그곳을 박차고 나오리라는 것도. 불쾌하고 불편한 공간에 나를 데려가지 않기로 꽤 오래전부터 나 자신과 약속을 해놓은 상태이기 때문이다.

이곳 체육관에 다니기 시작하면서, 그래서 나는 조금 조마조마했는지도 모르겠다. 내가 하는 말과 행동이 정치적으로 올발랐으면 하고 바라는 나는 누군가가 나에게 하는 말과 행동도 그러길 바란다. 둔감함은 곧잘 무례가 되고 혐오가 되므로, 나는 예민한 사람이 좋다. 나의 이런 성향이 혹시 체육관과 잘 맞지 않는다면? 큰마음 먹고 시작한 운동을 제대로 맛보지도 못한 채 끝내야 할 터였다. 하지만 이런 우려는 그날 그 단 한마디로 말끔히 사라졌다.

니업을 하고 있을 때였다. 니업은 바닥에 앉아서 손바닥으로 엉덩이 옆을 짚은 채 꼬리뼈 부위로 균형을 잡고 다리를 가슴 쪽으로 올렸다가 펴는 복근운동이다. 다섯 번에서 열 번 정도까지는 '이게 뭔 운동이 되나' 싶을 정도로 어렵지 않은데 스무 번에서 서른 번을 넘어서면 허벅지, 복부, 허리에서 말도 못 할 정도의 통증이 밀려온다.

몇 번 해본 적 없는 이 운동을 어설프게 하고 있던 그날. 나는 뭐가 올바른 자세인지 전혀 감을 잡지 못한 채 될 대로 되라는 식으로 다리를 굽혔다 펴고 있었다. 내가 생각해도 내 자세는 딱히 어느 한 부분이 아니라 총체적으로 문제가 있는 듯했다. 자세를 전체적으로 싹 갈아엎어야 할 것 같은데, 뭘 어떻게 갈아엎을지 내가 어찌 안단 말인가. 그렇게 발버둥을 치듯 애처로운 몸짓으로 니업을 해나가던 순간, 어디선가 코치님이 나타나 말했다.

"잠시 터치 좀 하겠습니다."

주로 저녁 근무만 하는 코치님이라, 고개인사 몇 번 한 게 전부인 분이었다. 나중에 코치님이 풀타임으로 일하게 되면서는 말도 자주 섞었지만 이때만 해도 나는 코치님의 목소리도 몰랐다.

잠시 터치 좀 하겠다는 코치님의 말에 나는 "아, 네" 하고 대답했다. 그러자 코치님은 손가락을 편 상태에서 옆 부분을 이용해 먼저 내 허리 각도를 조정해줬다. 너무 드러눕듯 누워 있던 걸 살짝 앞쪽으로 옮겨준 것이다. 이어서 지렁이처럼 바닥에 붙어 꿈틀꿈틀대던 다리가 문제였는지 역시 또 손가락으로 무릎 뒤쪽을 위로 밀어줬다. 무릎을 더 가슴 쪽으로 끌어당기라고 하면서.

코치님은 교정된 자세로 다시 해보라고 했다. 나는 아까보다 선 허리로, 아까보다 높아진 무릎으로 복근운동을 재개했다. 어쩐지 아까보다 움직임이 더 편해진 듯도 했는데, 어쩐지 아까보다 더 빨리 몸 여기저기에서 불이 나는 듯도 했다. 교정된 자세로 배를 부르르 떨며 운동하는 내 모습을 본 코치님은 말없이 일어나 다른 회원에게로 갔다. 그리고 나는 지금까지 그날을 기억하고 있다.

내가 이곳 체육관을 다니며 서서히 마음을 놓았던 이유를 그날 확실히 알 것 같았다. 코치님이 저 말을 하기 전, 다른 코치님들은 저 말 없이 내 몸을 말 그대로 '터치'하기도 했다. 하지만 돌이켜보니 그분들 역시 늘 저 말을 한 것 같은 태도로 그랬다. 약간의 거리. 늘 거리를 둔 태도였다. 내가 당신을 터치하는 건 당신의 자세를 교정해주기 위한 것이라는 뜻이 확고히 자리 잡은 거리감 있는 태도. 당신과 나

사이의 거리를 이쪽에서 확실히 보장해주겠다는 태도.

코치님들은 매일 뭔가를 물었고, 그 물음 속에는 사생활에 해당하는 것도 분명 있었다. 하지만 그런 물음에 불쾌하지 않았던 것 역시 우리 사이에 존재하는 거리 덕분이었다. 내가 대답하지 않으면 금방 수긍한 뒤 더는 묻지 않으려는 듯한 태도 위의 물음이었다. 대답할지 말지에 대한 선택권이 내게 있는 물음이었고, 내가 거리를 조정할 수 있다고 믿게 하는 물음이었다. 모든 코치님이 다 이런 거리 조정에 신경을 쓰고 있는 걸 보면, 이곳 체육관 나름의 교육 시스템이 있는 듯하다.

억지로 밀어붙여 친밀함을 조작하는 대신 거리를 존중하려는 태도, 이 태도를 지켜나가려는 노력. 이 체육관을 마음 편히 드나들 공간으로 생각하는 데 이 정도면 충분했다.

난생처음 킥복싱

보름님 자세의
문제점은요

킥복싱 훈련 영상을 처음으로 찍어봤다. 영상을 찍고 에너지 코치님과 함께 감상하는데, 사실 좀 실망했다. 힘이 없어도 너무 없어 보였다. 나는 분명 내 모습이 영상에 담길 줄 알았고, 그렇기에 평소보다 더 힘을 끌어모아 팔다리를 휘둘렀는데 겨우 이 정도라니. 자세도 생각보다 한참 어설펐다. 조금씩 발전하는 나를 느끼며 나는 내가 조금은 체육인다운(?) 모습이 돼 있을 줄 알았다. 절도 있는 자세까지는 바라지도 않았다. 하지만 적어도 내 훈련 영상을 본 사람들 입에서 피식 소리는 안 날 줄 알았는데, 아니었다.

엄마가 가장 먼저 피식 웃음을 터트렸고(엄마는 새어나

오는 웃음을 막지 못해 손으로 입도 가렸다), 언니는 뭐라고 할 말이 없는지 괜히 딴 얘기를 했으며(원래 그렇게 검정 옷을 위아래로 입고 운동하느냐고 물었다), 친구들은 추상적인 칭찬의 말을 건네고 나서(멋진데! 좋은데!) 킥복싱이라는 생소한 운동을 3개월이나 한 나를 구체적으로 칭찬했다(오, 끈기 있는 모습 칭찬해! 새로운 장르 개척 멋져!). 물론 진심이 담긴 칭찬의 말도 들었다. 특히 킥복싱 유경험자이자 인스타그램 친구님은 "킥복싱은 손발을 다 쓰는 운동이라 체력 소모가 심해요. 자연히 자세가 흐트러지기 마련인데 안 그러는 거 보니 기초체력은 튼튼하신 듯" 하다며 기대 이상의 말까지 해줬다.

하지만 실망이 너무 컸는지 내겐 칭찬의 말이 어쩐지 위로의 말처럼 들렸다. (지금은 정말 참 못하지만) 앞으론 더 잘할 수 있을 거라는, 그러니 힘을 내라는. 영상을 찍은 첫날은 정말 기분이 별로였다.

그러면서도 나는 다음 날에도, 그다음 날에도 덕질하는 연예인 영상을 보듯 틈만 나면 내 영상을 봤다. 적어도 50번은 본 듯하다. 그렇게 며칠 끈질기게 보다 보니 실망했던 마음은 서서히 옅어지고 어느새 영상을 볼 때마다 미소가 지어졌다. 자꾸 보다 보니 내 모습이 귀여워 보이고, 보고 또 보다 보니 심지어 영상이 재미있기까지 했다. 원래 드라마도 나노 단위로 쪼개 보면 더 재미있듯, 내 영상도 세부적으로 쪼개 보니 재미있는 구석이 많았다. 나는 1분 동안 지속되는 내 어설픈 자세와 어색한 표정을 킬킬거리며 즐겼다.

재미있게 영상을 보다 보니 불현듯 깨달음이 찾아왔다. 지금의 이 '힘없어 보이는 몸'을 감사하게 받아들여야 한다는 아름다운 깨달음이. 운동을 3개월 한 몸이 이 정도라면 3개월 전엔 도대체 어떤 몸이었을지 난들 짐작이나 할 수 있을까. 이렇게 며칠에 걸쳐 정신승리를 말끔히 끝내고 체육관을 찾은 날, 에너지 코치님이 나를 보자마자 다가와 말했다.

"보름님, 제가 영상 돌려보면서 보름님 자세가 뭐가 문젠지 알아냈어요."

영상을 확인하던 순간 내 얼굴에 스친 실망감이 영 마음에 걸린 모양이었다. 이후 나는 나를 귀여워하게 됐는데 코치님은 알 리 없으니 내게서 얼른 실망감을 걷어내주고 싶은 것 같았다. 코치님은 기본부터 다시 해보자면서 내게 원-투를 시켰다. 코치님 말로는 왼팔 때문에 자세가 어설퍼 보인다고 했다. 상대를 가격하고 나서 방어 자세로 돌아올 때마다 왼팔만 회전을 한단다. 앞으로 쭉 뻗었다가 다시 그대로 돌아오면 되는데 불필요한 동작이 끼어든다고.

잽 연습을 집중적으로 했다. 정성 들여 주먹을 뻗었다. 하지만 나는 한다고 하는데 코치님은 "거봐요, 또 회전하잖아요"란다. 난들 도대체 왜 왼팔이(왜 왼팔만!) 제 맘대로 회전하는지 알 수가 있을까. 뻗은 그대로 돌아오기만 하면 되는데 왜 그게 안 될까. 나는 머리카락을 움직인다는 심정으로 통제를 벗어난 왼팔에 온 신경을 곤두세웠다. 하루아침에 고쳐질 자세는 아니었다.

킥을 찰 때 어설퍼 보이는 이유도 알았다. 발차기 궤도가 정확하지 않은 데다가 힘도 없으니 어설퍼 보이는 게 당연했다. 그런데 여기에 더해 팔이 또 문제였다. 오른발차기를 할 때 오른팔은 붓으로 획을 긋듯 위에서 아래로 사선을 그리고, 왼팔은 혹시 모를 공격에 대비해 가드를 해야 한다. 그러니까 왼팔은 기본자세를 계속 유지하고 있어야 한다는 말이다. 그런데 영상을 보니 오른발차기를 할 때 내 왼팔은 마치 가방을 걸치고 나들이를 가듯 제멋대로 흔들리고 있었다. 운동하다 말고 어딜 가는 거야, 애는 대체.

"왼팔이 머리에 붙었다고 생각하면서 킥을 하세요."

코치님이 팁을 알려줬다. 팔이 자꾸 얼굴에서 벗어나니 그렇게라도 의식을 모아보라는 뜻 같았다. 내 팔은 머리에 붙었다, 붙었다, 정말 붙었다! 속으로 이렇게 되뇌며 발차기를 했다. 이제 자세가 좀 괜찮아졌을까?

코치님은 회심의 마지막 팁도 알려줬다. 미트를 때릴 때 힘 있어 보이고 싶다면, 튕기듯 탕탕 때려보라고. 그러면 보기에 좋을 거라고.

튕기듯 탕.

튕기듯 탕.

하지만 보기 좋아 보이도록 주먹에 파워를 붙여 잽싸게 미트를 때리기란 결코 쉽지 않았다. 그리고 몇 번 이렇게 주먹을 날리다 보니 이건 '팁'이 아니라 '기본'이라는 생각이 들었다. 실은 늘 이렇게 주먹을 날려야 했던 것 아닐까. 순간의 파워를 끌어올려 튕기듯 탕! 어쩌면 나는 이제야 비로소 제대로 훈련을 시작한 것인지도 모르겠다.

삶에선 어떻게 보이는지에 골몰하다가 정작 내실은 잃기 십상이다. 그런데 운동은 아니다. 운동에선 어떻게 보이는지 골몰하다 보면 결국 내실에 가 닿는다. 안에 차곡차곡 쌓인 경험과 시간이 겉모습을 좌우하기 때문이다. 삶에선 그럴듯한 태도와 패션만 갖추면 자신을 그런대로 감출 수 있다. 하지만 역시, 운동은 아니다. 어떻게 꾸미든 잽 하나,

발차기 하나에 자신이 다 드러난다. 그 사람이 지금껏 얼마만큼의 관심과 노력으로 이 일에 매진해왔는지 짧은 시간에 다 드러난다. 그런 면에서 운동은 멋지다. 보이는 면 그대로 나일 수 있다는 점에서.

그리고 지금의 난, 보이는 그대로, 아직 한참 멀었다.

감아 찰까요,
뻗어 찰까요

킥복싱 지도는 주로 코치님 세 분이 해준다. 에너지 코치님, 점프 코치님, 단단 코치님. 담당이 따로 있는 게 아니라서 그날그날 코치님이 바뀐다. 침을 흘리며 크로스핏을 하고 있으면 세 분 중 한 분이 다가오며 말한다.

"보름님, 글러브 끼세요."

그러면 난 얼른 침을 닦고 코치님을 쫄래쫄래 따라간다. 나를 부른 그 코치님이 오늘의 내 담당 코치님이다. 이런 시스템이라면 세 분 코치님이 얼추 1:1:1 비율로 지도해줄 것 같은데 그렇진 않다. 어찌 된 일인지 에너지 코치님과 킥복싱 미트 훈련을 가장 많이 하게 된다. 6:3:1 정도의 비율이랄까.

그러니 내 킥복싱 폼은 에너지 코치님의 지도 아래 거의 다 만들어지고 있다고 봐도 무방하다. 실제 팔을 뻗거나 다리를 뻗는 자세는 에너지 코치님에게 집중 교정을 받는 중이었다. 특히, 발차기가 그랬다. 최근 2, 3주 유독 발차기 자세를 지속적으로 지적받았다. 나는 나를 볼 수가 없어서 내가 어떻게 차고 있는지 모르겠지만, 코치님은 다리를 옆으로 감아 차야 한다고 반복적으로 말했다.

감아 차기라. 직관적으로는 대략 이해되지만 정확하게는 뭘 어떻게 하라는 건지 이해되지 않아 집에 와서 검색창에 '감아 차기 뜻'이라고 입력해 넣어봤다. 검색 결과 중 내가 원하는 정보를 가장 정확히 담고 있을 것 같은 제목 '감아 차기 하는 법'을 클릭했더니 이런 설명이 나왔다. 'zd 누르고 ↑ ↑ → →.' 이게 뭔 소린가 싶어 내가 들어온 데가 어딘지 살펴보니 피파 온라인 커뮤니티였다. 여기가 아니구나 싶었지만 버릇처럼 그 글에 달린 댓글을 끝까지 읽어봤는데, 요즘은 어딜 가나 댓글 창은 싸움터가 되는 모양이었다. 화살표를 넣어야 한다는 사람과 넣지 않아도 된다는 사람들 사이에 먼저 싸움이 붙었고, 그 밑에 싸움을 중재하려는 듯 감아 차기를 하려면 zd만 눌러줘도 되지만 공이 원하는 방향으로 가게 하려면 화살표를 넣어줘야 한다는 댓글이 달려 있었다. 뒤이어 이런 댓글도 두어 개 달렸다. 연습하다 보면 감으로 넣게 돼요.

나는 축구를 하는 것도, 더더구나 손으로 화살표를 눌러가며 축구를 하는 것도 아니었지만, 그럼에도 마지막 댓글에서 내가 찾던 답을 찾은 것만 같았다. 여전히 감아 차기가 뭔지는 잘 모르겠지만, 피파 온라인 댓글 창에서 본 조언대로 결국에는 감으로 어떻게든 하게 되겠지 하는 마음으로 그 페이지를 나왔다. 검색도 더는 하지 않았다. 더 찾아봤자 축구 동영상만 실컷 보게 될 것 같아서.

그래서 최근에 발을 찰 땐 허리를 최대한 틀어 다리를 '감으면서' 옆구리를 차는 느낌으로 차려고 했다. 그런데…… 지난 금요일. 내가 그렇게 발차기를 하자 점프 코치님이 이렇게 말하는 게 아닌가.

"어? 이상하네. 왜 자세가 다 무너진 것 같죠?"

자세가 다 무너졌다고? 아니 이게 무슨 매트 찢어지는 소리지? 주먹에 힘을 더 줘보라거나 어퍼컷을 할 땐 더 정확하게 아래에서 위로 때려줘야 한다거나 같은 꾸짖음에는 초연해질 대로 초연해졌지만, 기껏 만들어놨던 자세가 다 무너졌다는 말에는 억장이 무너지는 기분이었다. 그래도 무너질 자세가 있기는 있었구나, 하며 아주 잠깐 뿌듯해지기도 했지만 역시나 충격은 충격이었다.

점프 코치님은 다리를 그냥 쭉 펴면서 차라고 했다. 쭉 펴면서? 그럼 감아 차지 말라는 뜻인가? 그렇다면 내가 지금껏 인터넷 검색까지 하며 배운 자세는 다 무엇이란 말인가! 갑자기 자세를 바꾼다는 게 영 마뜩잖았다. 어떻게 하라는 건지 잘 모르겠기도 하고. 그래도 이런 마음을 숨기고 어찌어찌 발을 몇 번 찼더니 점프 코치님은 "네, 그렇게요" 하고는 다음으로 넘어갔다. 코치님, 전 제가 지금 어떻게 찼는지도 모르겠는데 "네, 그렇게요"라니요.

그로부터 3일 후 다시 점프 코치님과 킥복싱 미트 훈련을 하게 됐다. 바라던 바였다. 다시 한번 코치님과 미트 훈련을 하면 내 자세가 뭐가 어떻게 잘못된 건지 정확히 알 수 있으리라 생각했다. 역시나 코치님은 첫 발차기부터 자세를 지적했다. 쭉 펴라고 했는데 내가 제대로 못하자 코치님은 내 오른다리를 두 손으로 잡더니 본인 힘으로 다리를 움직이며 방향을 알려줬다.

"자꾸 다리를 옆으로 차시는데요. 그렇게 말고, 이렇게 앞으로 쭉 뻗는다는 느낌으로 차세요. 이렇게요."

나는 다리를 잡힌 채 마음의 소리로 물었다.

난생처음 킥복싱

하지만 에너지 코치님이 감아 차라고 했는데요?

나는 확인을 받고자 에너지 코치님이 알려준 대로 발차기를 하고 물었다.

"이렇게 차면 안 된다고요?"

코치님이 고개를 끄덕였다. 이번엔 점프 코치님이 알려준 대로 발차기를 하고 물었다.

"이렇게 차라고요?"

코치님이 고개를 끄덕였다. 아, 답답하다. 하늘 아래 두 스승을 모시기가 이렇게 힘든 일일까. 나는 답답함을 이기지 못하고 점프 코치님에게 제자 된 고통을 털어놨다.

"에너지 코치님이 감아 차라고 했거든요. 그래서 그렇게 찼던 건데."

코치님은 그럴 리 없다는 듯한 표정을 잠시 짓더니 말했다.

"아니에요. 제가 말씀드린 대로 쭉 뻗어 차면 돼요."

그날은 내내 점프 코치님이 알려준 대로 발을 쭉 뻗어 찼다. 우선은 눈앞의 스승을 따르는 게 도리일 것 같아서였다. 도리를 지키며 살기가 이렇게나 어렵다니.

그날 집에 와서는 지난 며칠 내 머리를 가득 채우고 있던 발차기에 관해 심도 있게 사색해봤다. 정말이지 어쩌면 킥복싱의 세계에도 취향이란 게 있어서 사람마다 추구하는 스타일이 다른 건지도 모르겠다는 생각이 들었다. 에너지 코치님이 추구하는 발차기 스타일이 있고, 점프 코치님이 추구하는 발차기 스타일이 있는 것이다. 그리고 대개의 스승이 그렇듯 제자가 자기 스타일을 따르기를 바라는 것 아닐까.

추측일 뿐 내가 알 수 있는 건 아무것도 없었다. 그러니 그저 또 이틀 후를 기다리는 수밖에. 이틀 후에 어느 코치님이 날 지도해줄지는 알 수 없다. 높은 가능성으로 에너지 코치님이겠지. 어쩌면 점프 코치님일지도. 두 분 중 한 분이 코칭을 해준다면 어찌 됐건 의문을 해결할 수 있으리라. 하지만 단단 코치님이라는 복병이 있다. 만약 오랜만에 단단 코치님에게 배운다면? 생각할 것도 없다. 관장님이자 선출이자 돈도 덜 받는 단단 코치님이라면 내 궁금증을 한 방에 해결해줄 테니까. 나는 이틀 후에는 어느 코치님이든 그 코치님을 붙잡고 꼭 물으리라 다짐했다.

그러니까 감아 찰까요, 뻗어 찰까요.

스트레스가 주먹과 발을 통해
날아간다

운동을 시작한 이래 가장 단단히 마음먹고 체육관에 들어섰다. 과연 내 발차기엔 무슨 문제가 있는지, 과연 어느 스승을 따라야 하는지 오늘은 꼭 담판을 지을 작정이었다. 세 코치님 중 한 분은 오늘 나를 담당할 테고, 누가 됐든 나는 내 발차기의 문제점에 관해 허심탄회하게 이야기할 거였다. 하지만 원래 인생이란 어떻게 흘러갈지 알 수 없는 법.

지금껏 서너 번쯤 본 코치님이 있었다. 일을 띄엄띄엄 하는지 자주 볼 수 없었고, 때론 체육관 회원처럼 운동복을 위아래로 입고 운동하는 모습도 보였는데, 본인도 운동을 하면서 코칭 일을 배우는 모양이었다. 도대체 몇 시에 나와서 일을 하는지 나와 그 코치님은 볼 때마다 스쳐가는 인연이 되곤 했다.

그런데 그날따라 그 코치님이 줄곧 보였다. 크런치(복근운동)를 할 땐 상냥한 얼굴로 다가와 직접 시범을 보여줬고, 스키에르그를 할 땐 포기하려는 마음도 없었는데 포기하지 말라며 응원도 해줬으며, 어썰트 바이크를 탈 땐 2분 내내 옆에 꼭 붙어 서서 일정 속도 이하로 떨어지면 버피를 하게 할 거라며 겁을 줬다. 그리고 결국, 이 코치님과 킥복싱 미트 훈련을 하게 됐다. 그러니까 0퍼센트의 확률이었던 상황을 맞닥뜨린 건데, 뭐 이젠 별로 놀랍지도 않다. 인생이날 놀라게 한 적이 어디 한두 번인가? 이번처럼 예상과 다른 미래가 닥치면 얼른 마음을 수습해 현재를 차분하게 살아갈 수밖에 없는 것이다.

킥복싱 훈련에 앞서 코치님과 마주 보고 선 짧은 순간. 코치님이 미트를 낀 손바닥을 하늘로 향하며 "자, 하이파이브!" 외쳤고, 나는 글로브를 낀 손으로 그의 미트를 강하게 때리며 발차기에 관한 미련은 깨끗이 버렸다.

초보 티가 확 나는 코치님은 다른 코치님들보다 더 긴 시간 미트를 잡아줬다. 이 정도면 훈련을 끝내도 될 것 같은

난생처음 킥복싱

데 또 구령을 시작했다. 체감상 10분 넘게 쉬지 않고 훈련을 한 것 같다. 그런데 힘들기보단 즐거웠다. 나는 늘 킥복싱 훈련을 즐기지만, 그날은 유독 그랬다. 왠지 다른 날보다 더 스트레스가 풀리는 것 같았다. 아무래도 코치님이 기본 동작을 마음껏 하게 해줘서 그런 것 같다. 원-투-원-투-발차기. 또 원-투-원-투-발차기.

그간 기분이 바닥을 치는 날에도 어찌 됐건 집을 나서 체육관에 왔다. 체육관엔 내 기분에 아랑곳하지 않는 코치님들이 있어서 좋았고, 나 역시 내 기분에 아랑곳하지 않고 해야 할 운동을 할 수 있어 좋았다. 운동할 때만큼은 정말 아무 생각도 할 수 없어 그 자체가 고마울 때가 많았다. 당장 푸시업을 25회 실시한 후 마운틴 클라이머를 30회 실시해야 하는데 무슨 고민이고, 무슨 미래에 대한 불안인가. 뇌에 가득 찬 잡념이 지구 밖을 뱅뱅 도는 인공위성처럼 정신을 혼란스럽게 할 땐, 그저 아무 생각할 수 없게끔 나를 이곳으로 데려오면 됐다.

특히, 킥복싱 훈련을 할 때면 내 몸에 차곡차곡 쌓여 응어리진 것을 하나씩 내뱉는 느낌이 들어 좋았다. 몸에 응축돼 있던 노폐물이 주먹과 발을 통해 허공에 뿌려지는 느낌. 살다 보면 한 번쯤 악을 쓰며 소리 지르고 싶을 때가 있는

데, 킥복싱을 하면 주먹과 발에 악을 발라 날려버리는 기분이었다. 잽 한 번에 악 한 번, 라이트 한 번에 악 한 번, 오른발차기에 악 한 번, 왼발차기에 악 한 번. 악악악악 하다 보면 어느새 스트레스가 날아가고 기분이 말끔해졌다. 요즘 내 안에 쌓여 있는 게 많았던 걸까. 그 어느 때보다 더 말끔해진 기분이었다.

훈련을 다 끝내고 코치님에게 꾸벅 고개를 숙이며 인사를 했다. 늘 하는 인사지만 오늘은 더 진심이었다. 코치님 덕에 즐거운 훈련을 했으며 스트레스 확 풀리게 해줘서 고맙다는 말은 텔레파시로 보냈다. 코치님은 받지 못한 것 같지만, 괜찮다. 인생이란 원래 그런 법. 내 마음이 늘 상대에게 가 닿지는 못하는 법.

그날 발차기에 관한 고민과 의문은 정리하지 못했지만, 이상하게 다 정리한 것도 같았다. 즐겁게 운동을 끝내니 발차기 기술이 뭐 그리 중요한가 싶었다. 하늘 아래 두 스승을 모신 채 오늘은 이 발차기, 내일은 저 발차기를 해도 그리 나쁘진 않으리란 생각도 들었다. 그날 그날 스트레스를 풀수만 있다면 되는 것 아니겠는가. 즐겁게 운동할 수 있다면 다 괜찮은 것 아니겠는가.

난생처음 킥복싱

거울 앞에서
내 몸을 본다

탈의실에서 옷을 갈아입을 때면 스포츠 브라와 레깅스만 입은 내 몸을 거울 앞에서 바라본다. 앞모습, 옆모습도 보고 가끔은 뒤로 돌아 뒷모습도 확인한다. 내 몸은 하루 종일 고구마 하나와 단백질 셰이크 한 잔으로 버티며 살을 뺐다는 여자 연예인들의 몸과는 판이하게 다르다. 포토샵마저 거치지 않았으니 자연스럽게 여기저기 살이 삐죽 튀어나왔다.

그런 내 몸을 가만히 바라본다. 나는 이 몸을 어떻게 보고 있나. 아름답지 않다고? 맞다. 하지만 그래서 뭐? 아름답지 않은 게 뭐 대순가? 꼭 아름다워야 하나? 아름다움의 기준은 사람마다 다르다는 말에는 설득이 되지 않는다. (나는 지금 내면의 아름다움을 이야기하는 게 아니다.) 21세기를 살아가는 우리의 미추 감각은 어차피 엇비슷하니까. 대신, 꼭 모두 아름다울 필요 있나? 하고 생각하고 싶다.

스무 살 이후로 다이어트에서 완벽히 자유로웠던 적이 몇 년 되지 않는다. 대학교 3학년 때 위병이 된통 나서 못 먹고 못 마시고 지냈더니 어느새 비쩍 말랐던 때만 빼고. 처음엔 갑자기 살이 빠져서 몸에 무슨 이상이 생겼나 했다. 겁을 잔뜩 먹고 병원에 갔더니 그저 못 먹어서 살이 빠진 것뿐이라고 했다. 이후로 3, 4년쯤 몸무게가 45에서 48 사이를 왔다 갔다 했다.

위염도 낫고 입맛도 돌고 다시 술도 마실 수 있게 되면서 그 몸무게를 유지할 수 없게 된 건 당연한 일이었다. 먹는 만큼 살이 붙더니 50을 넘어섰고 이후 잠시 스트레스성 폭식증을 앓던 때를 제외하곤 50 초반에서 중반을 유지했다. 여기서 문제는 내가 늘 내 몸무게의 기준을 '아파서 굶고 다니던 그 시절'에 뒀다는 데 있다. 엄청 살이 찐 상태도 아니었는데, 나는 늘 내 몸이 못마땅했다. 미워하기도 자주 미워했다.

지금 생각해보면 왜 그리 비쩍 마른 몸을 원했는지 모

난생처음 킥복싱

르겠다. 특히 20대 후반에는 다시 살이 붙은 내 몸을 단 하루도 사랑한 적이 없다. 매일 다이어트 태세였다. 옆에 앉은 회사 친구와 하루도 빠짐없이 바디 토크를 나눴고, 주로 이런 대화가 오갔다.

> **나**   오늘 아침에 전철역에서 모모 씨랑 택시 잡아타고 왔거든? 뒷자리에 같이 앉았는데 내 허벅지가 더 두꺼운 거 있지? (모모 씨는 남자다.)
>
> **친구**   이거 봐봐, 내 배. 어제 저녁에 집에 가서 피자 두 조각이랑 만두 다섯 개 먹었잖아.

그때는 내가 나 자신을 대상화하고 있다는 것도 몰랐다. 나는 나를 인격과 개성을 지닌 한 명의 인간이 아닌, 그저 신체 부위의 총합으로만 취급하고 있었다. 살아가려면 응당 먹고 마셔야 하는데, 나는 먹고 마시는 나를 비하하고 혐오했다. 황당하게도 그 시절 내 꿈은 아침에 일어나면 5킬로그램이 빠져 있는 나를 만나는 것이었다.

몸에 대해 생각하느라 거의 매일 스트레스를 받았고, 모르긴 몰라도 다른 데 쓸 에너지를 몸매 걱정에 많이도 쏟아부었을 것이다. 러네이 엥겔른은 《거울 앞에서 너무 많은 시간을 보냈다》에서 이런 말을 한다. "전도유망한 젊은 이가 자신의 외모를 걱정하느라 세상의 변화를 끌어내지 못한 채 세월을 흘려보"내고 있다고. "외모에 쏟는 에너지와 걱정을 세상에 쏟아냈다면 그녀의 인생은, 이 세상은 얼마나 달라졌을까"라고. 러네이 엥겔른은 너무나 많은 여자가 거울 앞에 선 자신을 미워하느라, 몸에 대해 생각하느라 "끔찍한 손해를 보고 있다"고 했다. 정말 그랬다. 나는 손해를 보고 있었다.

그러다 이제 더는 내 몸을 미워하지 말아야겠다, 몸매에 강박적으로 매달리는 건 그만둬야겠다, 하는 생각으로 체중계를 내다 버린 지 6, 7년쯤 됐다. 나는 그때 러네이 엥겔른이라는 작가도 몰랐고, 얼마나 많은 여자들이 자기 몸을 생각하느라 손해를 보고 있는지도 몰랐지만, 그저 너무 지쳐 있었다. 살이 1킬로그램이라도 찐 것 같으면 다음 주에 잡아놓은 약속을 취소하고 싶어지는 것에도, 살이 2킬로그램 정도 찐 것 같으면 사람들 앞에 나서는 것 자체가 꺼려지는 것에도.

체중계를 갖다 버리며 나는 내 몸의 가치를 숫자로 매기는 걸 그만두기로 했다. 체중계를 갖다 버리면 몸에 관해 생각하는 횟수 또한 줄일 수 있겠다 싶었다. 이후 나는 내

난생처음 킥복싱

몸에서 한 발짝 뒤로 물러섰다. 내 몸을 대상화하려는 나의 무의식적 행위를 중단하고자 했다. 몸매에 관해 시시콜콜 따지는 일에서 무심해지고자 했다. 나라는 사람을 하나의 커다란 살덩이로 환원해버리는 것을 그만두기로 했다. 그렇다고 살이 찌고 빠지는 것에서 완전히 초연해질 수는 없었지만 그래도 이젠 살이 쪘다는 것만으로 예전만큼 극심한 스트레스를 받진 않는다.

이젠 뭔가를 먹을 때마다 강박적으로 칼로리를 따지거나, 아침에 눈을 뜨면 누군가가 흙더미에서 흙을 떠내듯 내 몸에서 살을 떠가길 기도하지 않는다. 대신, 살이 좀 쪘다 싶으면 건강한 방식으로 식단을 관리하고, 조금 더 많이 움직인다. 또, 몸의 기준을 '아파서 굶고 다니던 그 시절'에 두지도 않는다. 나는 그때처럼 굶을 수 없으므로 그 기준은 애초에 잘못된 것이었고, 또 지금은 그렇게 말라야 한다고도 생각하지 않기 때문이다.

그렇기에 체육관에 등록하면서도 살을 빼기 위해 뭔가를 하겠다는 생각은 없었다. 애초에 살을 빼려고 등록한 것도 아니었으니까. 그래도 평소보다 움직임이 많아지니 살이 조금 빠졌다. 위염 때문에 과식을 못하니 절로 식단 조절이 되기도 했을 것이다. 탈의실 거울에 비친 내 모습이 달라졌다. 옷을 입을 때도 핏이 달라진 걸 느낀다. 살이 빠지니 물론, 좋다.

하지만 탈의실 거울 앞에 서서 내가 내 몸을 바라보는 건 여기에서 더 살이 빠지길 바라서가 아니다. 군살을 측정하거나 내 몸을 미워하기 위해서도 아니다. 혹시 그새 내 몸에 붙은 근육이 있다면 그 귀하고 소중한 것을 찾아보기 위해서다. 운동이 내 몸을 어떤 식으로 변화시키고 있는지 놓치지 않기 위해서다. 그런데 아직은 먼 걸까. 아무리 구석구석 찾아봐도 아직 내 몸에선 근육의 그림자도 보이지 않는다.

러네이 엥겔른은 책을 마무리하며 외모 강박을 이겨내는 탁월한 팁을 소개한다. 책에 나온 예문을 몇 개 가져와본다. 먼저 이 예문을 한번 보자. "내 몸 전체에서 가장 보기 좋은 부위는 (   )다." 괄호 안에 넣을 '부위'가 있나. 눈, 팔, 다리, 이마? 있든 없든 지금 기분이 어떤가? 지금 그 기분을 간직한 채 다음 예문을 보자. "나는 내 몸으로 (   )을 할 수 있어서 좋다." 괄호 안에 넣을 '무엇'을 생각해보자. 생각나는가? 걷기, 그림 그리기, 여행, 운동? 이 예문도 보자. "내 몸은 (   )할 때 가장 강하게 느껴진다." 데드리프트, 간다베룬다아사나, 아이 안기, 가구 옮기기?

연구 결과, 어떻게 보이든지 간에(아름답게 보이든, 그렇지 않게 보이든) 여성은 자기 몸이 관상용이 되는 순간 신체 자신감이 하락한다고 한다. 하지만 자신의 몸을 육체적 자원으로 인식하는 순간, 자신의 몸이 무엇을 할 수 있는지에 집중하는 순간, 신체 자신감이 상승한다. 내 몸이 아름답기 때문에가 아니라 내 몸이 특정한 기능을 수행할 수 있기 때문에 자신감이 상승한다는 것이다.

책의 마지막 장은 운동하는 여자들의 이야기로 채워져 있다. 등산을 즐기고, 주짓수와 레슬링으로 체력을 키우고, 달리기로 신체능력을 향상시키는 여성들. 여성들은 자신의 몸을 "그저 다른 사람들을 행복하게 하는 무언가"가 아닌 자기 자신을 즐겁게 해주는 것으로 인식하면서 사회가 주입한 아름다운 여성이라는 허상에서 벗어나고 있었다. 내가 내 몸을 바라보는 방식을 바꾸기 위해 몸을 움직이고 쓰기 시작한 여성들. 보기에 예쁜 몸이 아니라 일상을 힘차게 유지하게 해주는 건강한 몸을 위해 운동하는 여성들. 나도 이런 여성들 중 하나가 됐다는 게 기쁘다.

3장

아무래도,
운동이 점점
좋아지는 것 같습니다

"원, 투, 원, 투, 잽, 잽, 투!" 요거 요거, 재미있다.
내가 제대로만 하면 더 재미있을 것 같다.
이렇게 못해도 재미있는데,
잘하게 되면 얼마나 재미있을까.

완벽했던
콤비네이션 훈련

킥복싱을 하려면 킥복싱이 뭔지는 알아야지 싶어 책을 한 권 읽었다. 킥복싱, 하면 복싱도 자연스레 떠오르기 마련인데 이 둘 사이엔 분명한 차이가 있었다. 둘 다 입식 격투기지만 복싱은 주먹만 사용하고, 킥복싱은 주먹뿐만 아니라 발까지 사용한다는 점. 손과 발만이 아니다. 무릎으로 때려도 되고, 팔꿈치로 때려도 된다. 단, 손바닥이나 손가락은 사용하면 안 된다. 싸대기, 눈 찌르기 금물!

킥복싱은 공수도, 복싱, 무에타이가 결합돼 탄생한 격투기라고 한다. 여기까지 쓰고 나니 새삼 '격투'라는 말이 지닌 의미가 아찔하게 다가온다. 격투는 '세차게 싸움'이라는 뜻. 친구랑 머리채 잡고 싸워본 추억도 없는 내가 '세차게 싸워'보겠다며 킥복싱을 배우고 있다니. 불현듯 체육관에 첫발을 내디딘 '과거의 나'가 멋있어지려고 한다.

이 책에서 가장 흥미롭게 읽은 부분은 콤비네이션 챕터였다. 내가 가장 좋아하는 훈련이기 때문이다. 콤비네이션 훈련이란, 주먹과 발을 단발로 치고 마는 게 아니라 연결해서 하는 공격 훈련을 말한다. 예를 들면, "원-투-원-투!" 하고 코치님이 외치면 두 주먹을 번갈아가며 미트를 치는데, 이것도 콤비네이션 훈련이다. 매우 단순한 패턴이긴 하지만 말이다. 고수들이 하는 콤비네이션 훈련은 차원이 다르다. 패턴도 길고 복잡한데 손이 너무 재빨라 '내가 지금 뭘 본 거지?' 싶어지기도 한다.

미트 훈련을 시작하면, 코치님이 언제쯤 콤비네이션을 하자고 하려나 기분 좋은 긴장감이 몰려온다. 별것 아닌 콤비네이션 훈련도 나는 마냥 재미있다. 할 수만 있다면 매일 이 훈련만 하고 싶을 정도다. 처음엔 몸이 말을 안 들어 몸 개그를 시전하다가, 훈련을 더해갈수록 자세가 잡히고, 나중엔 속도까지 붙으면서 패턴이 완성되면 그렇게 기분이 좋을 수가 없다. 나 혼자 이뤄낸 성취가 아니기에 더 기쁘다. 콤비네이션 훈련은 무엇보다 코치님과의 합이 중요하다.

난생처음 킥복싱

아직 난 초보이기 때문에 간단한 콤비네이션 훈련을 한다. 같은 패턴을 여러 날 반복하는 게 예사다. 그러다 가끔, 새로운 패턴을 배우기도 한다.

"잽, 훅, 어퍼!"

에너지 코치님이 예고 없이 헷갈리는 조합으로 구령을 했다. 갑자기 뇌와 몸이 한 번에 멈췄다. '잽'은 앞으로, '훅'은 좌로, '어퍼'는 위로……. 각기 다른 방향으로 주먹을 뻗자니 팔이 엉키고 머리가 엉키고 순서가 엉켰다. 하지만 코치님은 내 마음을 아는지 모르는지 다시 한번 구령한다.

"잽, 훅, 어퍼!"

에라, 모르겠다. 우선 왼팔을 익숙하게 앞으로 쭉 뻗고 나서, 그다음 오른팔과 왼팔은 나가는 대로 아무렇게나 뻗어버리고 말았다. 그런데도 코치님은 이보다 더 쉬운 일은 없다는 듯 능숙하게 내 주먹을 다 받아낸다. 말로는 "지금 뭘 하신 거죠?" 하고 묻긴 했지만.

나는 이 조합만으로도 이미 머리가 엉켜버렸는데, 코치님은 바로 다음으로 넘어가려 했다.

"잽, 훅, 어퍼를 하고 나서 바로 이어 훅, 라이트까지 해볼게요."

"훅, 라이트요?"

"네. 자, 시작!"

어어, 잠깐만요! 재빨리 머릿속으로 잽-훅-어퍼 다음에 훅-라이트를 연결해봤다. 하지만 연결이 안 된다. '잽-훅-어퍼'에서 마지막 어퍼는 왼팔을 뻗는 건데, 이어지는 '훅-라이트'에서 훅은 어느 팔을 뻗어야 하는 거지? 라이트 앞에 있으니까 아무래도 왼팔이겠지? 그렇다면, 왼팔을 연이어 뻗으라는 거? 머릿속에서 정리는 안 됐지만, 코치님이 자세를 잡았으니 우선 팔을 뻗고 봐야 했다. 대충 왼팔부터 뻗고, 이어서 오른팔, 왼팔, 그다음엔…… 그다음엔…… 스톱! 나는 다급하게 코치님을 불렀다.

"코치님! 코치님, 저 너무 헷갈려요. 어퍼 할 때 왼팔을 뻗는 거잖아요. 그런데 그다음 훅도 또 왼팔인 거예요?"

"네, 두 개 다 왼팔. 자, 다시 해볼게요. 잽!"

잽-훅-어퍼-훅-라이트. 헷갈린다. 지금 내가 팔을 제멋대로 뻗고 있다는 걸 나도 알고 코치님도 알고 우주도 안다. 코치님의 구령에 맞춰 다시 한번 해본다. 잽-훅-어퍼-훅-라이트. 코치님이 또 구령한다. 다시 또 해본다. 잽-훅-어퍼-훅-라이트.

"어때요? 좀 되시죠?"

나는 고개를 끄덕이지 않았지만 코치님은 아랑곳하지 않고 또 다음으로 넘어가버렸다.

"이젠 뒤로 물러났다가 다시 앞으로 나오면서 잽, 잽, 투를 해볼게요."

이 패턴은 여러 번 해봤던 거라 크게 어렵지 않았다. 스텝을 밟으며 가볍게 뒤로 물러났다가 앞으로 나오는 동시에 왼팔을 두 번 꽂고, 오른팔을 한 번 꽂으면 된다. 중요한 건 리듬이다. 앞으로 나오는 동작과 팔을 뻗는 동작이 리드미컬하게 잘 맞아떨어져야 코치님 미트에 타이밍 좋게 주먹을 갖다 댈 수 있다. 혹시 이렇게 말한다고 내가 리듬을 매우 잘 타는 사람이라고 오해하진 마시길. 원래 말로는 누구나 나비처럼 날아서 벌처럼 쏠 수 있는 법이니까.

이 패턴은 나름 여유롭게 합을 맞출 수 있었지만, 또 그 다음이 문제였다.

"아까 했던 패턴에 이 패턴까지 붙여볼게요. 잽-훅-어퍼-훅-라이트-스텝-잽-잽-투. 아시겠죠! 자, 시작!"

네? 아니 이걸 어떻게. 딱 봐도 지금까지 한 콤비네이션 중 가장 긴 패턴이었다. 코치님이 이토록 틈 없이 밀어붙인 적도 처음이었다. 아무래도 오늘 이 콤비네이션을 제대로 해내기 전까진 훈련을 마칠 수 없을 것만 같은 기분. 패턴이 너무 길어 시작도 하기 전에 뇌가 얼어붙는 것 같았지만, 뇌보다 몸을 믿으며 우선 팔을 뻗어보기로 했다. 얏, 얏, 얏, 얏, 팔을 뻗었다. 제대로 한 거 맞나? 코치님을 쳐다봤지만 코치님의 생각까진 읽히지 않는다. 그래도 완전히 망친 것 같진 않다. 코치님이 다시 자세를 잡고 말했다.

"두 번 더 해볼게요. 시작!"

네? 네.

잽 – 훅 – 어퍼 – 훅 – 라이트 – 스텝 – 잽 – 잽 – 투.

다시 한번.

잽 – 훅 – 어퍼 – 훅 – 라이트 – 스텝 – 잽 – 잽 – 투.

뇌는 여전히 감을 못 잡은 것 같지만, 다행히 몸은 그런대로 감을 잡은 것 같다. 이젠 달아오를 대로 달아올라서 열을 씩씩 내고 있는 몸을 믿고 끝까지 가보자는 생각이 든다. 여러 번 연습했더니 잽-훅-어퍼 연결 동작도 점점 익숙해졌다. 긴 패턴을 무사히 성공하니 기분도 좋다. 짧은 패턴을 성공했을 때와는 다른 강도의 기분 좋음이다. 기분도 좋고 재미도 있어서 이대로 끝내기가 아쉽던 차에, 마침 코치님도 남은 게 하나 더 있다고 말했다.

"마지막으로 왼발차기를 하면 끝이 나는 거예요."

아하, 왼발차기. 나는 왼발을 힘껏 찼다.

"다리 힘이 많이 붙으셨어요. 잘하셨어요. 그럼 오늘 배운 거 처음부터 다시 해볼게요. 자, 잽!"

네, 해보겠습니다.

잽 – 훅 – 으악, 헷갈린다. 몸도 아직 감을 못 잡았나.

다시, 해보겠습니다.

잽 – 훅 – 어퍼 – 어어어 – 훅 – 라이트 – 스텝– 음음음 – 잽 – 잽 – 투 – 왼발차기.

하하, 틀려서 민망하지만 그래도 재미있으니 괜찮다.

"다시 해볼게요. 잽!"

잽 – 훅 – 어퍼 – 훅 – 라이트– 스텝 – 어, 잠깐만 – 잽 – 잽 – 투 – 왼발차기.

또 틀렸다. 그래도 너무 재미있다. 내가 제대로만 하면 더 재미있을 것 같다. 다음엔 꼭 성공하자!

"다시. 잽!"

잽 – 훅 – 어퍼 – 훅 – 라이트– 스텝 – 잽 – 잽 – 투 – 왼발차기.

드디어, 성공!

"됐어요! 다시!"

잽 – 훅 – 어퍼 – 훅 – 라이트– 스텝 – 잽 – 잽 – 투 – 왼발차기.

"마지막으로! 다시!"

잽 – 훅 – 어퍼 – 훅 – 라이트– 스텝 – 잽 – 잽 – 투 – 왼발차기.

와, 콤비네이션 완성했다! 콤비네이션 훈련 매일하고 싶다!

난생처음 킥복싱

운동할 날씨는 아니지만,
한다

    얼마 전부터 에너지 코치님은 내게 열심히 안 한다는 둥, 초심을 잃었다는 둥의 말을 퍼부었다. 이런 부정적 문장들로 내게서 어떤 긍정을 끄집어내려는 의도로 보였다. 그러니까 처음처럼 열심히 하라고, 열정을, 정열을, 의지를 되찾으라고. 억지로 나머지공부를 하는 학생처럼 영혼 없이 운동을 하는 것처럼 보인 모양이다. 그러다 며칠 전에는 "보름님, 해이해지셨네. 해이해진 게 맞네"라며 내 상태를 잠정적으로 확정지었다. 반년 넘게 유지한 긴장이 풀려 전과 같지 않게 느슨해졌다는 말이었다.

    속으로 뜨끔했던 걸 보면 나 또한 코치님의 말에 어느

정도 수긍한 것 같다. 체육관에 다닌 지 6개월이 지난 시점부터 열의가 약간 식긴 한 듯하니까. 단지 새롭고 생소하다는 이유만으로 몸이 달아오르고 관심이 가고 흥미가 유지되는 시기는 확실히 지난 듯하다. 코치님이 왜 그런 확정적인 말을 했는지도 알 것 같다. 나도 내가 어떻게 운동하고 있는지가 뻔히 보이는데 코치님이라고 안 보일까. 하지만 솔직히 말하면, 나는 해이해진 게 아니다. 실은 남몰래 나자신과 타협을 하고 있는 중이다.

날씨가 덥다 못해 뜨거워지면서 운동하기가 힘들어졌다. 얼마 전까지만 해도 힘을 10까지 쏟을 수 있었다면, 요샌 7까지만 쏟아도 금세 지쳤다. 마음 같아선 에어컨 쌩쌩 나오는 커피숍에 앉아 얼음 가득 차디찬 커피를 마시며 쉬고 싶은데, 쉬기는커녕 케틀벨과 사투를 벌여야 하다니! 에어컨 실외기 앞에서 트레드밀을 걷는 기분으로 체육관까지 걸어오면 이미 기운도, 인내심도 다 사라진 상태다.

그런데 내 세계만 한여름이고 코치님들 세계는 봄이나 가을쯤 되는 걸까. 코치님들은 여름도 안 타는지 평소와 똑같은 얼굴로 아주 '얄짤없이' 굴었다. 내가 '여름이라 좀 살살 하고 싶네요' 하고 말하면 역시 해이해진 게 맞다며 더 '얄짤없이' 굴 것 같았다. 그래서 나라도 쿨하게 나를 좀 놓

난생처음 킥복싱

아준 거다. 너무 열심히 하다가 탈 날까 봐. (내 몸은 내가 챙겨야 하니까.)

그렇게 나는 남몰래 나와의 타협을 시작했다. 아무도 몰래 케틀벨 무게를 슬쩍슬쩍 줄였다. 그게 뭐든 숫자 조작을 통해 50개 할 건 40개만 하고 30개 할 건 25개만 했다. 한 번 뛰면 1~2킬로미터는 기본이던 트레드밀을 500미터만 뛴 적도 여러 번이다. 순간 파워가 필요한 운동을 할 땐 일부러 파워를 덜 내기도 했다. 다시 한번 말하지만, 지금은 한여름이니까. 한여름엔 다들 나처럼 힘 빠지는 거 아닌가요?

그런데 내가 미처 예상 못 한 건, 코치님들의 예리한 눈썰미. 내가 나와의 타협을 조용히 지켜나가고 있는 가운데 코치님들은 나의 해이해진 모습에 관심을 보이며 나의 초심을 되돌리기 위해 작전을 펼쳤다. 해이해진 마음을 '빡센' 운동으로 복구시키기. 그러니까 내가 나만의 카운트를 세며 스윙을 30번 해야 할 때 25번으로 마무리했다면, 그다음엔 코치님이 마운틴 클라이머 25번 할 걸 30번 하라고 종용하는 식이었다. 때로는 남들은 안 하는 나머지운동까지 시키곤 했다. 나는 나를 위해 운동량을 줄이고, 코치님은 나를 위해 운동량을 늘리는 웃지 못할 상황.

기분 탓인지 코치님들의 작전이 집요해지는 것도 같았

다. 왜 평소엔 잘 하지도 않던 운동을 굳이 이 더운 날 가르치려고 들지?

"보름님, 스내치 기억하세요?"

지하 2층에서 트레드밀을 달리고 이제 그만 집에 가보려던 차에, 에너지 코치님이 물었다. 기억 유무를 확인하는 형태를 띠고 있지만, 이건 그냥 나더러 스내치를 하고 가라는 말.

대답 없이 눈만 끔뻑이며 서 있는 내 앞에서 코치님은 누가 말릴 새도 없이 스내치를 하기 시작했다. 눈이 있으니 볼 수밖에! 다리 사이에 들고 있던 덤벨을 한순간에 머리 위로 번쩍 들어 올리는 스내치는 박력이 느껴지는 멋진 동작이다. 하지만, 나는 지금 별로 박력 있고 싶지 않았다.

그런데 코치님이 내게 덤벨을 건네주네? 손이 있으니 받을 수밖에! 이젠 누가 봐도 내가 스내치를 해야 할 타이밍. 괜한 미적거림은 무의미하다고 판단한 나는 '그냥 얼른 대충' 마무리하고 집에 가자는 일념으로 6킬로그램 덤벨을 오른손으로 들었다. 왼팔은 옆구리에서 살짝 띄워 몸의 균형을 잡았다. 이제, 덤벨을 '대에충' 머리 위로 들어 올리기만 하면 된다. 이이얏! 됐다, 하기엔 팔을 너무 부르르 떨었다.

난생처음 킥복싱

운동을 시작하고 나서 킥복싱도 킥복싱이지만 크로스 핏을 자주 예찬하고 다녔다. 하던 운동이 지루해서, 효과가 없어서 그만둔 친구들을 보면 집 근처나 회사 근처 크로스 핏 체육관에 찾아가보라고 조언도 해줬다. "크로스핏이 뭐가 좋은데?" 하고 물으면 "대충 할 수 없어서 결국 몸이 좋아질 수밖에 없어" 하고 대답했다. 한여름이라는 핑계로 중량 스쿼트 50개 할 걸 40개로 줄여 하고는 있지만, 어찌 됐건 40개를 할 땐 하나하나를 대충 할 수 없는 것이다. 혹, 내가 방법을 모르는 건가? 누구 스쿼트 대충 하는 방법 아시는 분?

그러니 애초에 스내치를 '그냥 얼른 대충' 하고 끝내려던 것부터가 말이 안 되는 거였다. 그냥 손에 들고 이두박근 운동을 하기에도 무거운 6킬로그램 덤벨을 머리 위로 한순간에 들어 올려야 하는 이 과정 자체가 이미 대충과는 거리가 멀어도 한참 먼 것이었으니까. 결국, 한여름이고 뭐고 난 말린 것이다. 말렸으니 열심히 구를 수밖에! 그래서 선풍기 바람 앞에서 수박이나 먹으면 딱 좋을 날씨에, 샤워 꼭지에서 물이 나오듯 온 땀구멍에서 땀을 뿜어내며 스내치를 해야 했다. 코치님이 옆에서 보고 있는 통에 숫자 조작도 일찌감치 포기한 채.

킥복싱이
나를 보호해줄까

범죄심리학자 이수정 교수가 나왔다고 해서 뒤늦게 〈대화의 희열 2〉를 봤다. 새로 알게 된 사실 하나. 우리나라의 강력범죄 검거율이 96퍼센트나 된다고 한다. OECD 국가 중 가장 안전한 나라에 속하는 셈이다. 반가운 말이었지만 한편으론 의문도 생겼다. 그런데, 그렇다면, 우리나라 여성들은 왜 이토록 안전한 나라에서 불안에 떨며 살아야 하는 걸까. 불안에 실체는 있는 걸까.

이수정 교수의 설명이 이어졌다. 살인, 강도, 강간, 방화가 4대 강력범죄. 이 중에 지난 10년간 두 배 늘어난 범죄가 하나 있는데, 그게 바로 성범죄라고 했다. 다른 범죄는 조금

줄거나 약간 는 정도. 예상 가능하듯 성범죄 피해자의 성별은 93.5퍼센트가 여자였다. 가해자 대부분은 낯모르는 이가 아닌 낯이 익은 주변 남자들. 여성의 일상이 공포스러운 이유가 통계에 드러나 있었다.

유일한 여성 MC 신지혜 기자는 이런 말을 했다. 자기는 밤에 길을 걸을 땐 헤드폰을 절대 끼지 않는다고. 언젠가 한 남성 범죄자가 헤드폰을 끼고 걷는 여자만 따라가서 범죄를 저질렀다는 걸 알게 된 후부터라고 했다. 또 밤늦게 길을 걸을 땐 휴대폰에 112를 입력한 채 손에 쥐고 걷는다고 했다. 여차하면 경찰의 도움을 받을 수 있도록.

신지혜 기자의 말을 듣자 얼마 전 지인에게 들은 비슷한 말이 떠올랐다. 지인 또한 밤에 길을 걸을 땐 언제라도 영상을 찍을 수 있게끔 휴대폰을 손에 쥐고 걷는다고 했다. 카메라를 ON한 채로. 자신을 공격하거나 미심쩍은 행동을 하는 사람의 얼굴과 행동을 영상으로 남겨놓을 수 있도록.

나도 밤에 길을 걸을 땐 소심한 미어캣처럼 연신 사방을 힐긋거린다. 횡단보도 앞에 서 있을 때도 본능적으로 주변 사람들의 위치를 파악하고, 그들이 공격해올 경우를 대비해 일정 거리를 유지한다. 길은 최대한 빠르게 걷는다. 술을 마시지 않아 정신이 멀쩡하니 공격하지 말라는 무언의 제스처다.

처음 앞차기를 배울 때 단단 코치님은 앞차기 방법을 이렇게 설명했다.

"발바닥으로 있는 힘껏 차세요. 상대의 배나 낭심을 걸어찬다고 생각하면 돼요."

코치님의 설명대로 상대의 배나 낭심을 걸어찬다는 생각으로 야무지게 찼다. 사실 배와 낭심은 지리적으로 조금 떨어져 있어 어디를 차야 할지 살짝 머뭇거리기도 했지만, 그냥 어디든 얻어걸리라는 심정으로, 힘껏.

며칠 전엔 앞차기를 했는데 상대가 내 다리를 붙잡았다면 어떻게 빠져나가야 하는지를 배웠다. 앞차기를 하자마자 한순간에 다리를 붙들렸다. 당황한 내가 "어!" 하고 외치자 코치님이 말했다. "몸을 돌려보세요." "어떻게요?" "지금 저를 보고 계시잖아요. 뒤로 돌아보시라고요." 코치님 말대로 몸을 돌리자 다리가 쏙 빠졌다. 다리가 빠지면 얼른 도망가는 게 상책이라고 코치님은 말했다.

고개를 끄덕이는 내게 코치님은 또 앞차기를 해보라고 했다. 두더지 게임에서 두더지를 잡듯 콱! 찼다. 이번에도 다리가 잡혔다. 방금 전처럼 몸을 돌리면 다리가 빠지겠지

난생처음 킥복싱

싶어 몸을 돌렸다. 어? 그런데 이번엔 다리가 빠지지 않았다. 아까와 달리 코치님이 다리를 꽉 붙잡고 놓아주질 않아서다. 나는 괴물한테 다리 하나를 물린 영화 속 캐릭터처럼 두 팔을 허우적거리며 전진하려 했지만 단 1센티미터도 앞으로 나아가질 못했다. 아, 이토록 무력할 수가. 결국 앞으로 푹 고꾸라지고 나서야 코치님에게서 풀려날 수 있었다. 나는 코치님을 올려다보며 애써 태연한 척 물었다.

"다리가 잡히면 어떻게 해야 하는데요?"

코치님이 다시 발을 차보라고 했다. 나는 일어나 또 앞차기를 했고 또 다리가 잡혔다. 배운 대로 또 몸을 돌려 다리를 빼려 했고 또 두 팔을 허우적거렸다. 그러자 코치님이 자기 쪽으로 몸을 다시 돌리라고 했다. 몸을 돌리자 원점이 됐다. 처음과 같은 상황. 나는 앞차기를 했고 상대에게 다리를 잡혔다. 이 상황에선 어떻게 해야 할까.

"상대가 보름님 다리를 꽉 잡았잖아요. 웬만해선 쉽게 풀리지 않을 거예요. 그런데 절 봐요. 제가 보름님 다리를 잡고 있어서 두 팔을 사용하지 못하잖아요. 거기다가 상체가 앞으로 나와 있기까지 하죠. 이럴 땐 주먹을 사용하는 거예요. 어떻게든 주먹으로 상대의 얼굴을 가격해서 상대가 다리를 놓게 만드세요."

다시 또 훈련. 나는 앞차기를 했고 코치님은 내 다리를 잡았다. 나는 뒤로 돌아 도망가려다가 실패했고 어쩔 수 없이 다시 상대를 마주 보고 섰다. 범죄자는 내 다리를 꽉 붙잡은 채 나를 보며 실실 웃고 있다. 그는 자기가 나보다 힘이 세다는 걸, 자기가 이렇게 나를 잡고 있으면 내가 꼼짝 못 하리라는 걸 안다. 그에게 난 겁에 질린 강아지만큼이나 쉬운 먹잇감이다.

하지만 난 쉬운 먹잇감이 될 마음이 없다, 추호도! 나는 다리를 잡힌 채로 히죽거리는 그의 얼굴을 인정사정없이 가격하기 시작한다. 어디선가 읽은 적이 있다. 여자들이 목숨이 달린 급박한 상황에서도 폭력을 쓰지 못하는 이유. 살면서 폭력을 써본 적 없어서이고, 또 폭력은 나쁜 것이라는 생각이 머릿속에 깊이 뿌리박혀 있어서라고. 하지만 이젠 이런 생각을 뿌리째 뽑아내야 한다. 누군가가 나를 폭력으로 제압하려 할 때마저 윤리적 인간일 필요는 없다. 가방에 있는 연필로라도, 주머니에 있는 휴대폰으로라도, 손가락을 물든, 귀를 물든, 우리 역시 상대의 폭력에 대응해야 한다.

나는 내 다리를 붙잡고 있는 상대의 얼굴을 때리고 또 때린다. 그간 했던 모든 팔운동의 결과를 이 10초에 쏟아붓는다. 그가 터진 입으로 손을 가져갈 때까지. 흐르는 코피를

난생처음 킥복싱

닦을 때까지. 열받아 내 머리끄덩이라도 잡으려고 팔을 뻗을 때까지. 그렇게 다리가 놓여나면 즉시 뒤도 돌아보지 않고 달린다. 스쿼트가 이룩한 근력의 힘을 믿으며!

과연 나는 이럴 수 있을까. 내 다리를 붙잡은 사람의 얼굴을 사정없이 패서 그가 내 다리를 놓게끔 할 수 있을까. 현실의 내가 상상 속의 나처럼 용감할 수 있을까. 모르겠다. 아직 내게 닥치지 않은 일이라 모르겠고, 내가 위기 상황에서 어떻게 돌변하는지 나 역시 모르겠기에, 다 모르겠다. 하지만 세상엔 안 하는 것보다 하는 편이 나은 게 꽤 많은데, 이런 훈련 또한 그런 거라고 생각할 뿐이다. 여기 나를 노리는 범죄자가 있고 그 앞에 킥복싱을 배운 나와 킥복싱을 안 배운 내가 있다. 범죄자 입장에선 어떤 내가 더 쉬운 먹잇감일까.

근력운동과
피로의 관계

　회사에 다니던 시절, 동료들은 피로를 이겨내기 위해 이 것저것 많이도 먹었다. 대한민국 국민의 건강을 책임지는 홍삼에서부터 몸에 좋다는 각종 즙, 영양제를 넘어 어느 용 하다는 한의원에서 지은 한약까지. 나 역시 홍삼, 즙, 영양 제 다 먹어봤다. (한약은 다이어트 한약만 먹어봤다.) 그런 데 어느 순간 이런 것들을 다 뚝 끊어버렸다. 뭘 먹어도 몸 이 좋아진다는 느낌을 받지 못해서였다.

　대신, 피곤할 때면 어떻게든 움직이려 했다. 몸이 푹 가 라앉은 것 같을 땐 화장실 끝 칸으로 숨어 들어가 손끝, 발 끝까지 스트레칭을 하거나, 일하다 말고 괜히 옥상까지 걸어 올라갔다가 내려오거나, 점심을 먹고는 40분쯤 걸었다. 회사가 7호선 가산디지털단지역 근처여서 가끔은 저녁을 먹고 아웃렛을 아이쇼핑하며 돌아다니기도 했다. 피로를 이겨내기 위해선 몸을 움직이는 수밖에 없다는 걸 그때도 어렴풋이 알았던 것 같다.

이런 식으로 피로를 이겨내며 살아왔기에, 앞으로도 이런 식으로 살아가면 되는 줄 알았다. 피곤하다 싶으면 몸을 좀 움직이거나 걸으면 되겠지. 그런데 아니었다. 평소처럼 걸어도 몸이 피로에서 벗어나지 못하는 순간이 찾아왔다. 풀지 못한 피로는 쌓이고 쌓여 만성피로가 됐고, 나는 하루도 빠짐없이 피로를 느끼며 살아가는 현대인이 됐다. 그러다 올해, 그토록 끔찍하게 싫어하던 근력운동의 세계로 성큼 걸어 들어온 것이다. 그 결과, 나는 지금 예전보다 확실히 덜 피곤하다.

"운동하더니 정말 *쌩쌩*해졌네."

하루 종일 붙어 다닌 친구가 저녁이 돼서 헤어질 즈음 말했다. 아침부터 저녁까지 논 터라 나도 슬슬 피곤해지려던 참이었지만, 친구가 무슨 말을 하는지는 알 듯했다. 예전의 나와 비교된다는 거겠지. 물론 운동을 시작하고 나서도 피곤한 적은 있었다. 그런데 이런 피곤은 납득 가능한 피곤이어서 '아우, 피곤해, 왜 이렇게 피곤하지' 하며 속상해할 필요가 없었다. 밤늦게까지 놀고 왔다거나, 하루 종일 글을 썼다거나, 글쓰기 수업을 하는 내내 혼자 떠들었다면 피곤한 건 당연하니까. 납득 가능한 피곤은 하루 이틀 지나면 회복됐고, 그러면 다시 피로에 관해 생각하지 않는 일상으로 돌아왔다. 그러니 피로하지 않은 몸이라는 건, 내 몸이 피로하다는 생각을 하지 않는 날이 며칠이고 몇 주고 이어지는 몸이라고 할 수 있지 않을까.

그러다 요 며칠 동안엔 피로에 관해 아침에 일어나면서부터 잠들 때까지 생각하고 있다. 나는 지금 피로와 근력운동의 상관관계에 관해 생각하고 있는 중이니까. 근력운동이 왜 피로해소에 좋을까. 왜 걸을 때는 피로가 가시지 않더니, 근육을 키우면서 피로가 가셨을까. 이런 생각을 하며 샌드백 발차기 연습을 하고 있는데 점프 코치님이 뒤에서 자세를 지적하는 소리가 들렸다.

"어어, 골반을 더 트셔야죠!"

오, 잘 오셨네요, 하는 마음으로 나는 골반을 얼른 틀어 발차기를 한 번 한 후 본론으로 들어갔다.

"오신 김에 뭐 하나 여쭤봐도 되나요?"

난생처음 킥복싱

"그럼요."

"코치님, 왜 근력운동을 하면 피로가 해소될까요?"

코치님은 가벼운 마음으로 다가왔다가 묵직한 질문을 받은 것에 약간 당황한 듯했다. 하지만 그는 역시 프로! 금세 얼굴을 바꾸더니 어느새 전문가다운 포스로 깊은 생각에 잠긴다. 그런데 너무 오래 잠긴 것 같아, 나는 그를 생각에서 구출해줘야겠다는 마음으로 흘러나오는 대로 말을 하기 시작했다.

"유산소운동도 물론 도움이 되겠지만요. 그게 또 그렇게 효과가 있지는 않더라고요. 제가 여기 다니기 전에 자주 걸었거든요? 그런데 걸어도 계속 피곤한 거예요. 그런데 여기에 와서 근력운동을 했더니만! 글쎄, 몸이!"

코치님이 내 말을 끊었다.

"유산소운동만으론 피로가 해소되지 않아요. 근력운동을 해줘야 해요. 그 이유는……"

그 이유는? '그 이유'를 알고 싶어 하는 나와 '그 이유'를 말하려는 코치님의 눈이 마주쳤고 코치님은 뭔가 낌새가 이상했는지 뒤에 놓여 있던 박스에 털썩 앉더니 물었다.

"그런데 이건 왜 물으시는 거예요?"

아, 그건…… 나는 책에 코치님의 말을 인용하고 싶다고 솔직히 털어놨다. 나는 지금 킥복싱 에세이를 쓰고 있고, 오늘도 체육관에 오기 전에 글을 쓰고 왔으며, 그 글은 피로에 관한 글이었고, 내가 지금 원하는 건 코치님의 경험에서 우러나온 생생한 문장이라는 것도 이어서 털어놨다.

내 말을 다 들은 점프 코치님은 이 책에 본인이 등장한다는 데 한 번 놀란 듯했고, 등장뿐 아니라 본인의 말이 비중 있게 실린다는 데 다시 한번 놀란 듯했으며, 내가 글을 쓰는 사람이라는 걸 알게 된 이후로 도대체 다음 책은 언제 나오느냐고 틈만 나면 재촉했는데 그 책이 정말 나오고, 심지어 그 책이 킥복싱 에세이라는 사실에 제일 크게 놀란 듯했다. 코치님은 다시 생각에 잠기는 듯하더니 이번엔 바로 할 말을 생각해냈다. 그 질문은 단단 코치님에게 해보세요. 이 체육관의 관장님이자 선출이면서 몸도 단단한 단단 코치님이라면 더 생생한 대답을 해줄 수 있을 거라며. 네, 알겠어요. 그렇다면 이번엔 단단 코치님에게. 마침 지하 2층으로 내려왔던 단단 코치님을 따라 올라가며 똑같은 질문을 던졌다.

"코치님, 왜 근력운동을 하면 피로가 해소될까요?"

진지하고도 길게 이어진 코치님의 설명엔 '근육 손실, 인대, 부하, 인간, 동물, 활력 없는 삶, 꾸준한 운동, 운동 안

하면 나도 피곤함' 등의 단어나 구절이 들어가 있었는데, 이 설명을 요약하면 이랬다.

"몸이 왜 피로해지는지를 생각해보면 돼요. 몸을 잘못 쓰거나 쓰지 않으면 피로해지거든요. 한 자세로만 계속 서 있거나 아예 움직이지 않는다고 생각해보세요. 어떤 문제가 생길까요? 근육 약화요. 너무 써도 너무 안 써도 근육은 약해지는 겁니다. 그러니 근력운동을 해야 하는 거예요. 근육이 약해져 피로해졌으니, 근육을 강화해 피로에서 벗어나는 거죠."

코치님의 설명을 들으며 책에서 읽은 내용을 재확인할 수 있었다. 《피로를 모르는 최고의 몸》에서는 "살아가며 활동하는 것만으로도 하루하루가 부상의 연속"이라고 말한다. 의사 샘들이 제안하는 완벽한 자세를 철석같이 지키며 살지 않는 이상, 우리가 일상에서 습관적으로 취하는 자세가 결국 근육 손상을 부른다는 말이다. 근육이 손상되면 하고 싶은 동작을 생각대로 하지 못한다. 앉거나 서는 일도 가뿐히 하지 못하고, 달리기도 예전만큼 못하고, 바닥에 떨어진 연필 하나 부드럽게 줍지 못한다. 몸의 기능이 떨어진 것이다. 몸의 기능이 떨어지면, 피로를 느낀다.

그래서 피로할 땐 근력운동을 해야 한다. 책에서 말하

듯, 몸 상태가 나빠지는 건 근육 손상 때문이므로 피로를 느낄 때 제일 먼저 접근해야 하는 것은 근육이다. 근력운동이 몸의 기능을 회복시키고, 몸의 기능이 회복되면 우리는 점차 피로에서 벗어난다. 예전의 내가 그렇게 걸어 다녀도 피로에서 벗어나지 못한 이유가 이거였다. 유산소운동은 근력을 강화해주는 데 한계가 있고, 또 과도한 유산소운동은 도리어 근육을 손상시키기 때문이다.

근력운동이라고 해서 데드리프트나 벤치프레스 같은 것만 생각할 필요는 없다. 제대로 된 자세로 스쿼트만 꾸준히 해도 좋다. 집에서 할 수 있는 푸시업, 플랭크도 있다. 덤벨 운동, 밴드 운동도 있다. 열심히 살아가다 보면 어느새 피로에 젖어 있는 몸. 이 몸을 위해 뭐라도 해야겠다는 생각이 든다면, 근력운동은 필수다.

하다 보면 된다,
정말 하다 보면 된다

　엉덩이는 뒤로 빼고 허리는 세우고, 앉았다 일어났다, 숫자를 세기 시작했다. 초침보단 느리지만 그렇다고 너무 느리지는 않은 속도. 숫자 15를 속으로 세고 나서 숫자 20을 향해 달려갔다. 25, 30, 35. 아직 다리가 거뜬하다. 그렇다면 40까지 가볼까. 40, 45, 오, 이러다가 50까지 가겠는데! 50!

　'스쿼트 50개 함. 와, 진짜 많이 늘었네.'

　처음으로 스쿼트를 한 번에 50개 한 날 운동일지에 적어 넣은 문장이다. 스쿼트 50개를 깔끔히 성공한 날을 포함해서, 운동이 몸에 익어간다는 걸 이런 식으로 알아가고 있다. 몇 개 더 해볼까 싶어서 해보면 생각보다 어렵지 않게 된다. 첫날부터 정신을 놓게 했던 푸시업도 그렇다. 팔을 굽히며 몸을 바닥에 붙였다가 팔을 펴며 몸을 같이 들어 올리는 식으로 하는 변형 푸시업인데도 나는 단 한 개도 제대로 못 해냈다. 코치님은 옆에서 지켜보고 있지, 나는 팔을 굽히지도 못하겠지(억지로 굽혔다면 이번엔 펴지도 못하겠지), 그런데 열 개를 해야 한다고 하지. 끙끙대는 나 자신이 얼마나 부끄럽던지 나는 그 와중에도 고개를 코치님 반대편으로 돌린 채 부들부들 떨며 푸시업을 해나갔다.

그런데 이 푸시업을 이젠 한 번에 스무 개도 할 수 있다. 중간에 잠시 쉬면 50개, 60개도 거뜬하다. 그래서 요즘엔 자신감이 붙어 팔 힘으로만 내려갔다가 올라오는 기본 푸시업도 틈틈이 연습하는 중이다. 아직 반밖에 못 내려가지만, 그래도 팔을 딱 굽히면서 몸을 아래로 쭉 내리는 기분이 아주 좋다.

이 기분을 어떻게 설명해야 할까. 분명 올해 초만 해도 팔을 벌벌 떨면서 겨우 시늉만 내던 걸, 이젠 그때와는 비교도 안 될 정도로 가뿐히 해나갈 때의 기분. 몸을 향한 나의 기대치가 생각보다 더 충족될 때의 기분. 구멍 숭숭 뚫린 수세미처럼 나약하기만 했던 몸이 새로 산 지우개처럼 단단해지고 있다는 걸 실감하는 기분. 몸의 움직임에 맞춰 들숨

난생처음 킥복싱

과 날숨을 제어하며 스스로에게 나에 대한 강한 이미지를 새겨 넣는 기분.

이 기분을 어떻게 설명할까 고민하다가 나는 나를 황홀하게도 하고 가슴 설레게도 하는 책 속 문장을 떠올렸다. 그런 문장을 읽을 때면 절로 이런 생각이 들곤 했다. '이 문장, 세상 사람들이 다 읽으면 좋겠다.' 딱, 이런 기분이다. 지금 내가 하는 이 경험을 세상 사람들이 다 해보면 좋겠다. 특히, 나처럼 팔씨름 세계의 영원한 꼴찌였던 여자들에게 이 경험을 하게 하고 싶다. 약하게 태어났으니 약하게 살다 죽겠지, 하고 생각하지 않아도 된다는 걸 알게 해주고 싶다. 강해질 수 있다는 걸, 강해져도 된다는 걸 알게 하고 싶다.

체력을 끌어올리기 위해 체육관에 다니기 시작할 때만 해도, 나는 반신반의했던 것 같다. 내 몸이 정말 달라질 수 있을까. 하지만 이제 더는 이런 의문을 품지 않는다. 이미 달라졌고, 달라지는 중이니까. 몸이 달라지는 경험이 쌓이면서 나는 점점 '하다 보면 된다'는 코치님들의 말을 신봉하는 신자가 되어간다. 몸은 솔직하다. 오늘도 푸시업을 하고, 내일도 푸시업을 하면, 모레엔 푸시업을 수월하게 하게 된다. 예외가 없다. 누구에게나 같은 결과가 나온다.

물론 애초 각자의 몸이 지닌 힘의 크기가 다르므로 숙

달되는 속도의 차이는 있을 수 있고, 또 언제나 최상위 단계에선 타고남의 차이가 생기지만, 우리 같은 아마추어는 타고남의 차이까지 들먹일 필요가 없다. 아마추어 운동의 세계에선 성장하고 있다는 사실만 중요할 뿐 얼마나 빨리 성장했는지, 누구보다 더 많이 성장했는지는 중요하지 않다.

가장 중요한 건 내가 내 몸의 변화를 느끼는 실감이다. 내 몸이 달라지고 있다는 걸 느끼고 있다면, 그 느낌이 진짜라면, 그것만으로 충분하다. 그 느낌을 믿고 하다 보면 안되던 게 된다. 하다 보면 된다. 진짜, 하다 보면 되더라.

나는 확실히
더 세졌다

빨래처럼 축 젖어 지낸 여름도 지나갔다. 어느새 불어오는 선선한 가을바람. 피부와 옷 틈으로 스며드는 바람 덕에 이젠 땀 걱정할 일도 없어졌다. 반팔 입은 사람과 긴팔 입은 사람이 공존하는 날씨. 이런 날씨를 두고 '나들이 가기 딱 좋다'라고들 말하지만(나도 작년까진 그랬지만), 올해의 난 다르게 말하고 싶다. 가을은 정말 운동하기 딱 좋은 날씨 아닌가요?

가을이 시작되고부터 나는 초심을 되찾았다. 운동할 때 힘도 덜 들고, 힘이 덜 드니 운동할 맛도 더 난다. 여름 내내 하기 싫은 공부하듯 땀을 쏟으며 어쨌거나 계속 운동을 했더니, 그 고생이 헛고생이 아니었다는 게 온몸으로 증명되고 있기도 하다. 9월 초부터였을까. 무슨 운동만 했다 하면 코치님들에게 칭찬세례를 받게 된 게.

시작은 로잉머신이었다. 카누를 타듯 힘 있게 당기면 되는 기구. 이번 미션은 250미터를 1분 5초 안에 들어오기. 나는 일정 시간 안에 최대의 파워를 내야 하는 운동엔 죄다 약해서 이런 미션이 하달됐다는 사실만으로도 기운이 쭉 빠지는데, 그래도 하다 보면 엉덩이가 까지는 줄도 모르고 허리가 꺾이도록 줄을 잡아당긴다. 그러다 보니 세 번 연속으로 1분 5초 안에 들어왔던가. 내 기록을 점프 코치님에게 전하자 코치님이 말했다.

"와, 정말 세지셨네요."

이땐 그냥 늘 하는 칭찬이려니 했다. 입에 칭찬을 달고 다니는 분들이시니까. 그런데 한 달 넘게 이어지는 이런 칭찬에는 분명 도를 넘는 뭔가가 있었다. 이런 식이다. 푸시업플랭크를 하던 날이었다. 푸시업과 플랭크 기본자세를 왔다 갔다 하며 하는 동작인데, 자세히 설명하기도 싫을 만큼 욕 나오게 힘든 동작이다. 그날, 이 동작을 20회 하래서 20회를 한 번에 다 했더니 에너지 코치님이 이렇게 말하는 게 아닌가.

"오, 역시 클래스가 다르네."

으응? 이런 말은 '넘사벽' 연아퀸에게나 하는 말 아닌가?

"역시, 베테랑."

옆에서 단단 코치님도 거들었다. 네? 베테랑이요? 두 코치님에게 합동으로 칭찬을 받으니 쑥스럽기도 하고 또 왠지 기분도 말랑해져서 헤벌쭉 웃고 말았지만, 속으로는 내가 이런 말을 들어도 되는 사람인가, 내가 정말 그렇게 잘하고 있는 건가 미심쩍기도 했다.

그러다 내 몸이 더는 과거의 몸이 아니라는 걸 확연히 느낀 계기가 있다. 다른 회원들과 함께 타바타 운동을 할 때였다. 타바타 운동은 고강도 운동을 20초간 하고 10초간 쉬기를 반복하는 운동이다. 보통 8회 반복한다. 트레드밀 전속력 달리기와 푸시업을 번갈아 8회 반복한 그날, 운동을 다 끝내고 보니 나와 같이 운동을 했던 사람들은 (남녀불문) 하나같이 심장을 부여잡고 있는데, 내 심장은 거뜬했다.

타바타 운동을 한 또 다른 날. 로프와 스쿼트를 번갈아가며 했는데, 첫 20초 동안 로프 운동이 '전혀' 힘들지가 않았다. 팔이 타는 듯 아픈 게 정상인데 통증이 느껴지지도 않았다. 로프를 하는데 팔이 안 아플 수도 있다니! 안 아픈 팔로 로프를 패대기치며 보니, 로프가 만들어내는 파동의 높이도 높아졌고, 반대편 끝 근처까지 파동이 이어지기도 했다. 내 몸, 정말 클래스가 달라진 건가!

킥복싱을 하면서도 코치님들의 칭찬은 계속됐다. 미트를 때리는 팔 힘과 다리 힘이 강해졌다고 했다. 훈련을 시작할 때면 하이파이브를 하는데, 그냥 하이파이브를 했을 뿐인데도 코치님들이 힘이 세다며 놀랐다. 오랜만에 미트를 잡아준 단단 코치님도 훈련을 다 끝내고 나서 "힘이 정말 좋아졌네요" 했는데, 그다음엔 점프 코치님에게 같은 말을 들었다. 그다음은 에너지 코치님 차례였다.

코치님이 두 팔에 미트를 끼더니 발을 차보랬다. 에너지 코치님이 나와 훈련하면서 한 팔이 아닌 두 팔에 미트를 낀 건 처음이었다. 나는 있는 힘껏 찼다. 으악, 발이 엄청 아팠다. 한 팔 미트에 발을 차는 것과 두 팔 미트에 발을 차는 건 차원이 달랐다. 아파서 발을 동동 구르자 코치님이 피식 웃더니 "정말 세졌어요" 했다. 이번엔 평소처럼 한 손에 미트를 끼더니 또 차보라고 했고, 나는 또 있는 힘껏 찼다. 코치님이 팔에서 미트를 빼며 말했다.

"한 손으로 미트를 잡으니 이젠 제가 아프네요. 다리 힘이 정말 세졌어요. 보름님도 본인 힘 세진 거 느껴지시죠?"

난생처음 킥복싱

나도 느껴졌다. 예전엔 내가 얼마만큼의 힘으로 때리는 지 감도 잡을 수 없었다면 요새는 내가 꽤 세게 때리고 있다는 걸 느낀다. 주먹이 그리고 발이 코치님의 미트에 꽂힐 때, 느껴졌다. '나 힘 정말 세졌구나.' 단단한 것과 단단한 것이 맞부딪히는 느낌. 아니, 이건 너무 오버인가. 이제 막 조금 단단해진 것과 원래 단단했던 것이 맞부딪히는 느낌. 이게 정직하겠지. 어찌 됐건 조금이나마 내 힘과 코치님 힘이 제대로 만나는 기분이 들었다.

여름이 끝나고 가을이 무르익으면서 나는 확실히 한 단계 도약했다. 이전의 몸을 벗고 새로운 몸을 입었다. 새 몸을 입은 나는 더 강해졌고, 더 탄력적으로 변했다. 그리고 이 시기부터 나는 내 모습을 보며 가끔 감탄했는데, 팔 벌려 뛰기 하나 하는데도 몸에서 절도가 느껴지네! 흐느적거리는 몸이 아닌 절도 있는 몸! 내가 그렇게나 갖고 싶던 절도가 슬쩍슬쩍 내 눈에도 띄기 시작한 것이다. 힘을 얻으니 탄력이 따라왔고, 탄력이 따라오니 절도가 생겼다. 여름, 버텨내길 정말 잘했다.

그런 몸매는
원하지 않는다

"아, 맞다. 내 엉덩이 좀 봐봐. 내 엉덩이 요즘 좀 업된 것 같다?"

친구는 5개월째 스피닝을 하는 중이고, 나는 어느새 킥복싱 훈련을 10개월이나 이어가고 있었다. 나는 친구의 허벅지를, 친구는 나의 팔뚝을 만지며 운동이 바꿔놓은 우리 몸에 관해 약간의 과장을 곁들여가며 이야기하던 중이었다.

"뭐, 엉덩이?" 친구가 푹 웃음을 터트리며 걸음을 멈추더니 내 뒤태를 살폈다. 나는 외투를 들어 친구가 내 엉덩이를 잘 볼 수 있게 해줬다.

"그치? 그런 거 같지?"

했는지 도통 기억하질 못했다. 고작 기억나는 거라고 해봐야 체력장이니 뭐니 해서 윗몸일으키기를 하거나 턱걸이를 한 것 정도였다. 적어도 일주일에 한 시간은 체육을 했을 텐데, 기억조차 없다니. 얼마나 재미없었으면, 얼마나 관심이 없었으면, 얼마나 의욕이 없었으면.

친구의 이야기를 듣다 보니 어렴풋이 어떤 이미지가 떠오르긴 했다. 흔한 이미지다. 어느 화창한 오후, 지금은 연락하지 않는 반 친구들과 피구도 하고 발야구도 했었지. 나는 피구를, 발야구를 재미있어했을까?

'과거로 돌아가고 싶다면 언제로 돌아가고 싶어요?' 하는 질문을 받으면 나는 매번 '그게 언제든 돌아가고 싶지 않다'고 대답한다. 과거로 돌아간다 한들 난 나이기 때문에 어차피 비슷비슷한 선택을 하며 살아갈 테고, 인내심도, 역량도 같을 테니 인생이 별반 달라질 것 같지 않아서다. '나는 어차피 나다'라는 생각과 함께, 더 단순하게는, 인생을 두 번 살고 싶지 않은 마음이 크다. 인생은 두 번 살기엔 참 버거운 무엇! 딱 한 번만 살고 깔끔히 끝내고 싶다.

그치만 지금은 이렇게 대답해보고 싶다. '중, 고등학교 모든 체육시간으로 돌아가고 싶어요.' 돌아가서 체육 선생님이 혀를 내두르든 말든 흥분한 개처럼 운동장을 휘젓고 다니고 싶다. 귀찮다는 둥, 땀 나는 거 싫다는 둥, 부끄럽다는 둥, 너무 적극적으로 구는 게 어색하다는 둥 갖은 핑계를 대며 몸을 사리는 대신, 축구도 아니고 야구도 아니지만 그래도 몸을 쓰게 해주는 발야구에라도 열정적으로 참여해보고 싶다.

이왕 인생을 두 번 살게 된 김에 용기를 내어 체육 선생님에게 시대를 앞서가는 '케틀벨 운동'도 전수해보면 어떨까. 학년 첫 시간엔 케틀벨 2킬로그램으로 가볍게 시작해 마지막 시간엔 케틀벨 8킬로그램으로 마무리하기. 체육수업에만 꼬박꼬박 잘 참여해도 아이들의 몸이 튼튼해질 수 있다면 얼마나 좋을까. 아마 처음엔 아이들도 나처럼 토 나올 것 같다느니, 부끄럽다느니, 땀 나는 거 싫다느니 툴툴댈게 뻔하다. '몸을 움직이는 게 어색해서', '몸을 이상하게 움직이는 내 모습이 싫어서' 케틀벨을 잡으려고도 들지 않겠지. 하지만 그래도 억지로라도 하다 보면 케틀벨 무게를 늘려갈수록 내 몸의 힘을 인식하는 기쁨, 내 몸을 다른 시선으로 바라보는 자유를 만끽하게 되지 않을까.

체육관에서 여고생들을 몇 번 봤다. 교복을 입고 체육관에 들어온 아이들은 탈의실에서 옷을 갈아입고 나와 그날

난생처음 킥복싱

의 와드를 말끔히 해낸다. 어쩌면 이 아이들은 예전의 나처럼 젓가락 같은 몸매를 꿈꾸며 운동을 시작했을지도 모르겠다. 하지만 다이어트를 하는 와중에도 아이들의 몸은 건강해질 것이며, 몇 개월만 꾸준히 하면 자신의 몸을 예전과 다르게 사용하는 데 익숙해질 것이다. 모르긴 몰라도 친구들에게 이런 말을 하게 되지 않을까.

"나 처음엔 케틀벨 4킬로그램도 정말 끙끙대며 들었거든? 그런데 이젠 8킬로그램도 거뜬히 든다!"

내 몸에 관해 다른 식으로 말하게 되는 경험, 내가 운동을 하며 겪은 변화 중 하나다.

어차피 고등학교 시절로 돌아가진 못할 테니, 나는 이제부터라도 내게 주어진 공간에서 최대한 몸을 움직이며 구석구석 사용해보기로 했다. 나이 들수록 움츠러드는 몸이 아니라, 더 활력 있고 건강해지는 몸. 이런 몸을 기대하기로 했다. 그래선지 요즘 내가 그리는 미래의 나는, 매번 지금보다 신체능력이 더 뛰어나다. 멋지게 다리를 쫙 찢거나 물구나무서기를 하는 할머니가 되어 있는 식이다. 주름 가득한 얼굴로 거뜬히 물구나무를 선 미래의 나는, 아마 지금의 나처럼 과거를 통째로 후회하진 않을 것이다.

운동이
우선순위가 된다면

친구는 평일엔 일만 하기에도 벅차다고 했다. 학원에서 일을 하는 친구의 출근 시간은 오후 2시다. 퇴근은 밤 11시. 학원은 친구 집에서 한 시간 거리에 있다. 언젠가 밤 12시 넘어 친구와 통화를 하는데 친구의 말 중간중간 우물거리는 소리가 들렸다. "지금 뭐 먹고 있는 거야?" 햄버거라고 했다. "그게 저녁이야?" 그렇다고 했다. 저녁을 먹고 집에 도착하면 12시 30분. 씻으면 새벽 1시. 바로 자기 아쉬워 아무 생각 없이 먹방 같은 걸 보다가 새벽 3, 4시쯤 잠에 든다고 했다. 다음 날엔 일어나자마자 출근.

일상의 심심한 루틴은 그런대로 적응할 만한 듯 보였

난생처음 킥복싱

있는 듯하다. 누구나 마찬가지일 것이다. 도통 운동에 흥미를 붙이지 못하겠다면 늘 하는 수영, 요가, 필라테스 말고 탁구를 해보는 건 어떨까. 의외로 재미있을 수 있다. 배드민턴, 농구, 축구는 어떨까. 역시 의외로 찰떡일 수 있다. 크라브마가, 주짓수, 킥복싱은 어떨까. 내 안의 야성을 왜 이제야 찾았나 하며 땅을 칠 수도 있다.

개성 있고 섬세하고 예민한 '나'라는 사람의 마음을 유독 흔드는 것이 있다. 그런 건 쉽게 찾아지지 않는다. 시도해봐야 알고, 시간을 써봐야 안다. 남들이 다 한다고 운동할 필요는 없다. 하지만 운동을 해야 한다면 남들 다 하는 운동 말고, 내가 재미있는 운동을 하면 좋겠다. 재미있는 운동을 찾으면 그때부터 시간은 절로 생긴다. 나도 모르게 어느새 운동을 일상의 우선순위 꼭대기에 올려놓기 때문이다. 운동이 구심점이 되어 건강하게 돌아가는 일상. 이런 일상을 보내는 기분, 당분간 놓치고 싶지 않다.

4장

터프해질 때까지,
계속해보겠습니다

처음부터 잘되진 않을 거예요. 그건 연습이 필요해요.
다시 한번 해볼게요. 네, 그런 식으로 하는 거예요.
잘했어요. 다시 해봐요. 하다 보면 될 거예요.

느슨한 노력을
기울이는 나

"6킬로그램으로 하시는 거예요?"

"네."

코치님의 감탄사.

"오~."

6킬로그램 케틀벨을 양손에 들고 케틀벨 더블프레스 동작을 하고 있을 때였다. 역도로 치면 용상 자세. 케틀벨을 우선 가슴까지 올리고 나서 다시 한번 힘을 줘 머리 위로 만세를 하는 동작이다. 내가 피식 웃으며 케틀벨을 내려놓자 단단 코치님이 운동한 지 이제 얼마나 됐느냐고 물었다. 6개월쯤 됐을 때였다.

6개월이라는 내 대답에 고개를 끄덕인 코치님은 케틀벨을 가슴까지 끌어 올리는 자세를 다시 잡아주고 나서도 자리를 뜨지 않고 내 움직임을 지켜봤다. 그렇게 또 만세를 하는데, 또 말을 걸었다.

"보름님 처음에 오셨을 땐 옆에 계신 분보다 더 안 되셨어요."

'옆에 계신 분'은 안 그래도 자꾸 눈이 가던 분이다. 운동을 시작한 지 며칠밖에 안 된 듯한 그분은 그게 뭐든 어떤 동작도 제대로 해내지 못했다. 그분도 예전의 나처럼 팔 힘이 전혀 없는지 코치님이 여기저기에서 제일 가벼운 케틀벨과 아령을 가져다주는 모습도 보였다. 그런데 이분도 예전의 나보단 잘하고 있다는 말.

코치님은 새삼 내 발전이 감격스러운 모양이었다. 그리고 이 감격엔 나름의 통계가 바탕이 된 듯했다. 만세를 하고 나서 케틀벨을 내려놓는 내게 코치님이 말했다.

"100명 중에 한 명만 보름님처럼 되실 수 있어요."

"뭐가 100명 중에 한명이에요?"

"체력이 예전 보름님처럼 바닥이었다가 지금의 보름님처럼 발전하는 사람이 많지 않아요."

"왜요?"

난생처음 킥복싱

"대개 중간에 포기하거든요."

아, 말 된다.

"보름님은 꾸준하게 하신 덕에 여기까지 오신 거고요."

꾸준함, 여기까지 오게 된 이유, 오.

언젠가 에너지 코치님이 나를 이렇게 부른 적 있다.

"느슨한 노력을 기울이는 보름님!"

나를 왜 그렇게 부르느냐 물어보니 내가 책 《매일 읽겠습니다》에서 나를 그렇게 표현했다고 했다. 자기가 쓴 것도 기억하지 못하느냐는 코치님의 핀잔에 2년 전에 쓴 걸 어떻게 기억하느냐고 반박한 뒤 집에 오자마자 책을 꺼내 읽어봤다. 첫 페이지부터 거의 다 읽다시피 훑은 끝에 서른다섯 번째 꼭지에서 '느슨한 노력'이라는 구절을 찾을 수 있었다. 그 글에서 나는 나를 객관적으로 바라보려는 시도의 일환으로 나를 소설 속 인물로 상정했는데, 결국은 자기애가 철철 넘치는 이런 식으로 글을 마무리했다.

"등장인물로서 내 삶은 결코 스펙터클하진 않지만 그런대로 봐줄 만한 구석은 있어 보인다. 느슨한 노력을 꾸준히 기울인다는 점. 이 방면으로 평균 정도의 점수는 줄 수 있지 않을까. 가진 건 없는 주제에 제법 느긋하게 구는 점도 마음에 든다. 만약 나 같은 인물이 소설에 나온다면 '저 인물은 뭘 믿고 저리 느긋하지?' 하고 궁금해 소설을 끝까지 읽을 수도 있겠다. 마지막에 가서야 '실은 믿는 구석이 하나도 없었다'는 사실을 알게 되는 것이 소소한 반전이라면 반전이겠지. 믿는 구석 없이도 느긋하게 살다 간 삶. 소설 엔딩에서 나라는 인물의 삶이 이렇게 요약돼도 좋을 것 같다."

'느슨한 노력'이라는 구절을 기억하진 못했지만 이 구절을 쓸 때도, 그리고 지금도, 나는 느슨한 노력을 기울이며 살아간다. 노력은 하지만, 너무 많이 하진 않는다. 학교 공부를 할 때도 그랬다. 내가 생각하는 공부의 한계치가 있었고, 그 한계치를 넘어야 100점을 맞을 수 있다면 나는 100점 맞는 걸 깨끗이 포기했다. 그 결과 85점을 맞았다면 85점이 내가 맞을 수 있는 최선의 점수라 받아들였다. 사람이 이 정도 노력하면 됐지, 뭘 더 해, 너무 그렇게 열심히 사는 거 아니야, 안 좋아, 하면서.

사람이 할 법한 노력을 훨씬 뛰어넘어서 하는 사람을 보면 멋있어서 눈이 가기는 한다. 나 대신 인간의 한계를 뛰어넘어주는 것 같아 일면식 없는 그들에게 인류를 대표해 고마움을 느끼기도 한다. 하지만 나는 그렇게까지 하면서 살고 싶진 않다. 그렇게 살 수 있는 사람도 아니다. 할 수

난생처음 킥복싱

있는 만큼만, 딱 내가 할 수 있는 만큼만 노력하면서 살고 싶다.

몸이 부서져라 노력하진 않지만, 그 정도면 노력하는 거지, 하고 생각할 수 있는 정도의 노력. 내가 하는 노력은 이 정도다. 예를 들면 이런 식이다. 글쓰기 강의 10회를 듣는다고 해보자. 강의에서 매주 또는 2주마다 과제를 내준다고 해보자. 그러면 나는 정말 피치 못할 사정이 아니고서야 10회를 다 참석하고, 과제 또한 다 한다. 별것 아닌 노력이고 크게 힘을 들이지 않는 노력이다. 그런데 이런 노력을 그냥 평생 하며 살아온 것이다. 과하지도, 부족하지도 않게.

이건 정말 아니다 싶어서 중간에 포기하는 일이 아니라면 이렇게 느슨한 노력을 유지하는 게 그나마 내가 이 정도의 인간이나마 된 비결이다. 누군가가 감탄할 만한 비결은 아니지만, 그래도 나는 내가 이 정도의 인간이라도 돼서 얼마나 다행인지 모른다. 자꾸 포기하고, 인내하지 못하고, 그러면서 자신에게 자주 실망하는 사람이 아니어서 얼마나 다행인지 모른다.

이곳 체육관에서도 느슨한 노력을 꾸준히 기울인 결과 나는 과한 평가를 받게 됐다. 100명 중에 한 명만이 누릴 수 있다는, 바닥에서 출발해 6킬로그램 케틀벨을 양손에 들고 만세를 해내기까지의 성취! 단단 코치님의 말에 나는 기분 좋게 물었다.

"그런 거예요?"

코치님도 기분 좋은 듯 대답했다.

"그런 거예요."

나는 코치님이 떠난 자리에 남아 다시 케틀벨을 가슴까지 올린 후 심호흡을 했다. 이어 무릎을 굽혔다가 펴면서 발뒤꿈치를 살짝 떼며 팔을 쭉 뻗었다. 꾸준함이 이룬 작은 기적, 만세다!

체육관
걸어가는 길

4, 5년 전쯤 친구는 기회만 되면 소개팅을 하고 다녔다. 2, 3주 만에 연락하면 여지없이 소개팅 에피소드를 들을 수 있었다. 첫 만남 이후 다시 만난 사람이 없는 걸 보면 피차 서로를 딱히 마음에 들어한 적은 없는 것 같은데, 애프터가 오건 말건 친구에게는 늘 할 말이 있었다. 친구는 아무리 화가 나도 남의 험담은 하지 않고, 남에 대해 말할 땐 꼭 좋은 점부터 말하는 사람이라 늘 이렇게 운을 띄우곤 했다.

"사람은 좋은 것 같더라."

그러면 나도 거의 조건반사적으로 이렇게 대꾸했다.

"사람은 좋은데 뭐가 별론데?"

그러면 친구는 한 번 더 머뭇거리며 이렇게 말했다.

"별로라기보단……"

나는 기다려줬다.

"별로라기보단?"

이제 친구가 용기를 내 말할 차례다.

"외모도 깔끔하고 매너도 있고 괜찮더라고. 내가 말하면 반응도 좋고. 그런데 얘기를 듣다 보니까 이 사람 일주일 내내 걷지를 않아. 아침에 일어나면 차 타고 회사에 갔다가 차 타고 집으로 온대. 운동할 틈이 전혀 없대. 주말에도 집에만 있는대. 움직이는 걸 싫어한대. 그 말을 듣는 순간 아, 이 사람하고는 안 되겠구나 싶더라고."

친구가 이 얘기를 들려줬을 때 우리는 한강에서 몇 시간인지도 모를 정도로 걸은 뒤 밥을 먹는 중이었다. 그날 우리 만남의 주목적은 '걷기'였다. 우리는 가끔 오로지 걷기 위해 만났다. 친구는 이야기를 이렇게 마무리했다.

"걷지 않는 사람하고는 못 만나겠다는 생각이 들었어."

새로운 관점이었다. 소개팅남이 걷지 않는 사람이라서 만날 수 없겠다는 생각이 들었다니. 하지만 나는 이 관점이 매우 마음에 들었고, 그렇기에 친구의 말을 듣고 격하게 동의의 제스처를 보여줬다. 나 역시 그런 상대를 만나면 답답

190 난생처음 킥복싱

하나. 8킬로그램 케틀벨 양손에 들고 스쿼트 25회.

둘. 6킬로그램 케틀벨 양손에 들고 케틀벨 더블프레스 25회.

셋. 밴드 풀업 25회. (철봉에서 하는 턱걸이다. 고무밴드의 힘을 빌려서 시늉만 하는 건데도 팔이 빠질 듯 아프다.)

이 세 가지 운동 2라운드 실시.

넷. 메디신볼 파이크업 25회. (푸시업 자세에서 메디신볼 위에 양발을 올리고 엉덩이로 산을 만드는 동작이다. 보기에도 쉽지 않아 보이는 이 동작, 나는 9개월 만에 성공했다.)

다섯. 플랭크 1분씩 3회.

여섯. 샌드백 주먹 치기 50회.

동치미를 곁들여 라면을 먹으며 떠올려보니 하나같이 팔 운동이다. 어느 하나가 아니라 여섯 개 운동이 고루 충격을 가해가며 내 팔을 이 지경으로 만들어놨다는 게 내 심증이었다. 그런데 계속 생각하다 보니 아무래도 그중 특히 한 가지가 이 지경에 혁혁한 공을 세운 것 같았다. 바로, 케틀벨 8킬로그램 양손에 들고 스쿼트 하기.

스쿼트를 한 적도 많고 케틀벨을 들고 한 적도 많지만, 양손에 8킬로그램을 들고 한 건 처음이었다. 시작부터가 난관이었다. 스쿼트를 하려면 우선 케틀벨을 쇄골까지 올려놔야 하는데, 이게 잘 안 됐다. 아직 16킬로그램은 무리인가. 기본자세부터 안 되는데 스쿼트는 어찌 한단 말인가. 나는 난데없이 역도 선수가 된 것처럼 코치님의 지도 아래 케틀벨을 쇄골에 올리는 연습을 하고 또 했다. 그런데 문제는, 이 연습을 하다가 팔 힘을 다 써버렸다는 거다.

이후는 총체적 난국의 시간이었다. 가뜩이나 없는 팔 힘은 점점 더 빠져가지, 스쿼트를 하려고 엉덩이를 내리고 올릴 때마다 허벅지는 소리를 꽥 지르며 나한테 왜 이러냐고 앙탈이지. 케틀벨을 쇄골까지 올리는 것도 힘들고, 케틀벨을 든 채 스쿼트를 하는 것도 힘들고, 겨우 몇 개 하고 나서 쉬다가 코치님에게 걸리는 것도 힘들고, 힘들어도 다시 케틀벨을 쇄골까지 올리고, 스쿼트 하고, 쉬고, 다시 올리고, 다시 또 스쿼트. 뭔가 악순환의 고리에 걸려버린 듯했다.

스쿼트를 하는 내내 고민했다. 포기할까 말까, 포기할까 말까. 마치 밤 11시에 라면을 먹을지 말지 고민하는 것처럼 치열한 마음으로 '여기서 그만' 대 '그래도 끝까지' 사이를 왔다 갔다 했다. '여기서 그만'이 승리했다면, 지금 내 팔이 이 지경은 아니지 않을까. 하지만 뭘 선택해야 할지 결정하지 못한 채 계속 앉았다 일어났다를 하다 보니 어느새 마지

난생처음 킥복싱

넘겼다. 60대 엄마가 더 무거운 걸 든다고 하는데도 30대 딸은 말리지 않은 것이다. 내 허리 사정이 이 정도였다.

그런데 운동을 시작하고부터 허리 사정에 조금씩 변화가 찾아왔다. 그저 시키는 대로 이 운동 저 운동 했을 뿐인데 허리가 강해졌다! 체육관에서 12킬로그램 케틀벨 스윙을 '할 수 있는' 내가 된 것이다! 내게 이건 작은 변화가 아니라 어떤 수식을 갖다 붙여도 모자랄 만한 변화다. 내가 내 허리를 믿고 뭔가를 들었다 내렸다 할 수 있는 것. 12킬로그램 케틀벨 스윙을 20번, 40번, 60번 할 수 있다는 것. 나는 스물두 살에 허리가 망가진 이후 처음으로 허리가 좋다는 게 어떤 건지에 대한 감각을 되찾았다.

허리가 좋아지니 이젠 60대 엄마에게 장바구니를 뺏길 일도 없어졌다. 얼마 전엔 노트북을 집어넣은 백팩을 한 손으로 들었는데 너무 가벼워서 내가 노트북을 안 넣었나 다시 열어보기까지 했다. 예전엔 하고 싶어도 못했던 일, 지인의 무거운 짐을 들어주는 '착한 일'도 몇 번 했다. 4.3킬로그램 우량아로 태어난 조카가 10킬로그램을 넘어서면서부터 안아주질 못했는데, 얼마 전엔 조카를 품에 꼭 안고 시원하게 들어 올렸다.

입이 방정이라고 이렇게 말하자마자 허리가 아파오면 어떡하지, 하면서 이 글을 여기까지 마무리한 게 11월이다. 이후 나는 튼튼한 허리를 바탕으로 몸의 파워를 높이는 운동을 계속해나갔고, 그러던 중 거짓말처럼 정말 입이 방정이 되어 허리 통증이 찾아오고야 말았다.

아무래도 최근 한 중량운동 가운데 하나가 허리에 무리를 준 모양이었다. 애매한 통증이었다. 막 아픈 건 아닌데 아프지 않은 것도 아닌. 운동할 땐 참을 만한데 운동한 날 저녁에는 무지근한. 처음엔 다른 근육통처럼 며칠 지나면 사라질 줄 알았는데 1, 2주가 지나도 통증이 사라지지 않자 심란해졌다. 이러다 다시 예전으로 돌아가는 건 아닐까.

너무 걱정이 돼 에너지 코치님에게 코치님도 이런 적이 있느냐고 물었다. 코치님처럼 운동이 업인 튼튼한 사람도 운동을 하다 보면 허리가 아프곤 하는지 궁금했다. 코치님도 그런 적이 있다면, 나도 이 통증을 너무 조급하게 바라보지 않을 수 있을 것 같았다. 에너지 코치님은 물론 그런 적 있다고 했다.

"당연히 있죠. 전 몇 개월 동안 아픈 적도 있어요. 이 일이 아무래도 몸을 쓰는 일이다 보니 가끔 다치기도 하거든요."

조금 더 알아보니 신체 특정 부위가 원래 약했던 사람은 운동 중간중간 통증이 재발하는 경우가 많다고 한다. 나처럼 몇 개월이고 1년이고 멀쩡하다가 정말 아주 사소한 자세를 한 번 취한 것만으로도 통증이 재발할 수 있단다. 이럴 때는 전문가와 상의하고 통증을 극복할 방법을 찾는 게 최선이다. 나는 한동안 강도를 낮춰 운동하다가, 만약 그래도 안 되면 잠시 운동을 쉬기로 마음먹었다. 그간 해온 노력이 찰나에 허물어진 것 같아 신경질이 났지만, 그래도 허리가 꽤 긴 시간 잘 버텨준 것 같아 고맙기도 했다. 잘 버텨준 덕에 1년여 신나게 운동할 수 있었으니까. 지금은 그간 허리가 이고 졌던 부담을 내려놓게 하고 살살 달래줄 시간. 이 시간을 잘 보내고 나면, 다시 내 허리는 강해질 것이다.

발차기의
왕도

나, 그냥 발차기 연습하지 말까? 하면 할수록 더 못하게 되는 것 같은데?

안 그래도 부쩍 발차기에 자신이 없어지던 차에 단단 코치님에게마저 발차기 자세를 지적받고야 말았다. 자세를 하나하나 꼼꼼히 봐주기보단, 조금 더 본질적인 어떤 것, 그러니까 태도(상대와 마주섰을 땐 늘 고양이처럼 바짝 긴장하고 있어야 한다거나 상대를 주시하는 눈은 예리하고 날카로워야 한다는 등) 훈련에 주력하던 코치님이었다. 그런데 그러던 분이 한 해를 기분 좋게 마무리해도 시원찮을 12월 말 훈련에, 별안간 발차기 자세를 지적한 것이다. 그것도 올

난생처음 킥복싱

해 초 에너지 코치님과 점프 코치님이 나를 혼란 속으로 몰아넣은 그 주제로.

"다리를 더 뻗어 차셔야겠는데요?"

"아!" 나도 모르게 탄식이 흘러나왔다.

코치님이 발차기 자세에 대해 하는 설명은 하도 많이 들어서 이젠 나도 나한테 해줄 수 있다. 디딤 발을 넓게 해라, 골반을 많이 틀어라, 발이 상대의 몸 안쪽으로 더 들어가게끔 차라(또는 뻗어 차라). 그러니까 관건은 발을 상대의 몸 안쪽으로 들여 차면서도 너무 감지 말고 뻗어 차야 한다는 건데, 눈치 챘겠지만, 나는 1년이 다 되도록 발차기 감을 찾지 못했다.

그러니 며칠 전에는 이런 지적을 받아놓고("발을 더 안쪽으로 차세요"), 오늘은 이런 지적을 받은 거겠지("발을 더 뻗어 차세요").

휴, 한숨이 난다. 문득 지난 1년 동안의 연습이 말짱 헛일이었다는 생각이 든다. 이제 연습이고 뭐고 하지 말까? 휴, 또 한숨이 난다. 그렇다고 연습을 포기할 순 없을 것 같다. 하면 할수록 못하게 되는 애매한 상황에 놓이기는 했어도 발차기 연습은 재미있으니까! 물론 발차기 연습의 재미는 '이렇게 계속하다 보면 나도 언젠가 멋진 발차기를 할 수 있겠지'라는 기대감을 동반하므로, 지금 이 상황이 얄궂 긴 하지만.

와드를 다 끝내고서 구석 거울 앞에 섰다. 이놈의 습관. 오늘처럼 실망스러운 날에는 연습이고 뭐고 그냥 집에 가도 될 텐데 이젠 습관이 돼서 연습 없이 집에 가면 칫솔을 사러 갔다가 칫솔만 안 사고 마트에서 나온 기분이 든다. 거울 속 나는 부루퉁한 얼굴로 발차기 연습을 시작했다. 발을 뻗어 차랬으니 뻗어 찼다. 이젠 뭐가 뻗어 차는 건지 감아 차는 건지도 모르겠지만, 그래도 뻗어 찼다. 그렇게 조금은 기운 없는 발차기를 하고 있는데 단단 코치님이 다가오더니 같이 발을 차줬다. 코치님 다리 각도에 맞춰 나도 발을 찼다. 발을 차는 사이사이 나는 코치님에게 헷갈린다고 토로했고, 코치님은 그럴 수 있다고 말해줬다.

"처음 연습할 땐 원래 자세가 왔다 갔다 해요. 자연스러운 거예요."

1년을 연습했는데 "처음 연습할 땐" 원래 그렇다는 말. 이 세계에서 1년은 이런 의미인 거였다. 1년 내내 늘 처음처럼 발을 차게 되는 세계. 그렇다면 발차기는 고작 1년 안에 완성할 수 있는 그런 종류가 아닌 게 확실했다. 그것도 일주일에 세 번 5분에서 10분 깔짝거리는 거로는 절대 완

라 원피스에 어울리지 않는 종아리라고 슬퍼할 일 무엇일까. 또 퍼뜩 든 생각. 도대체 종아리 모양과 옷이 무슨 상관이기에 나는 이런 쓸데없는 생각을 하는 걸까. 알이 생겨 싫은 대신 재미있었다. 재미있지 않나? 생전 없던 알이 이제야 생기다니! 이제야 엄마 다리를 닮게 되다니!

자신의 몸이 달라진 걸 목격한 사람은 쉽게 운동에서 헤어나지 못한다는 이야기를 종종 들었다. 내 몸의 변화는 팔뚝에서 시작됐다. 힘을 주면 급 단단해지는 팔뚝과 처음 만난 그날, 나도 이젠 운동 없는 삶을 상상할 수 없을 것 같았다. 이 팔뚝을 잃고 싶지 않은 마음. 바둑 기사 이세돌은 '질 자신이 없다'고 했는데 나도 이젠 '힘을 주나 안 주나 말랑말랑한 팔뚝과 다시 마주할 자신이 없다'고나 할까.

팔뚝에서 자신의 존재를 자랑스럽게 알리더니 이어 이젠 종아리에서도 알이 자랑스럽고도 기세등등하게 자신의 존재를 알렸다. 같은 알인데 살고 있는 지역에 따라 차별하면 안 될 것 같아, 나는 종아리 알도 팔뚝 알처럼 진심을 다해 환대하기로 했다. 잘 왔어, 알, 앞으로 사이좋게 지내자.

나머지 길은 엄마와 나란히 걸었다. 나는 알을 품은 다리로 오르막길을 힘차게 걸어 올라갔다. 아마 모르긴 몰라도 오르막길을 오르는 내 종아리에선 연신 알이 나왔다 들어갔다 난리가 났을 것이다. 엄마완 달리, 나는 알이 배긴 내 다리를 세상에 내놓은 채 기쁘게 걸어 다닐 것이다.

스파링
맛보기

"애리얼 디스키는 고등학교 때 이스라엘인 체육선생에게 크라브 마가를 배웠고, 완벽하게 휘두른 팔꿈치 공격으로 대련의 가슴 한가운데를 후려쳤다."

《여성의 설득》이라는 소설을 읽으면서 이 문장에 밑줄을 죽죽 그었다. 그중에서도 '완벽하게', '후려쳤다'라는 단어가 나를 사로잡았다. 그래, 바로 이 정도가 내가 킥복싱에 바라는 정도다. 피할 수 없는 상황에서 갑작스런 공격이 들어오면 무방비로 당하는 대신 상대의 어딘가를 '후려치고' 도망갈 수 있는 정도.

"스파링 한번 해보실래요?"

회원 수와 코치 수가 엇비슷해지는 오후 1시의 체육관, 단단 코치님이 제안했다. 소설 속 여자처럼 나쁜 놈이 나타나면 완벽하게 잘 후려치고 싶던 내게 스파링은 좋은 경험이 될 것이 분명했다. 그렇지만 시작도 하기 전에 내 마음속에서는 벌써부터 항복 선언이 흘러나왔다.

스파링? 코치님과 내가 스파링을? 체급, 경험, 성별……모든 차이란 차이는 다 갖춘 우리 둘이 스파링을? 나는 다윗이 골리앗을 이기는 류의 이야기를 늘 좋아했다. 킥복싱을 하는 이유 중 하나도 언젠가 내가 다윗으로 거듭나기 위해서이기도 하고. 그럼에도 이건 좀 아닌 것 같았다. 다윗과 골리앗은 서로에 대한 사전정보 하나 없이 대결을 펼쳤지만, 지금 내 앞에 있는 골리앗은 내 약점이란 약점은 다 꿰뚫고 있는 골리앗 아닌가. 이런 골리앗과 싸워서 어떻게 이길 수 있을까. 더더군다나 내 손엔 돌멩이도 하나 없는데.

망설이고만 있자 눈앞의 골리앗이 사람 좋은 웃음을 지으며 룰을 설명해줬다.

"보름님이 제 얼굴을 때리기만 해도 이기는 거예요."

코치님은 얼굴을 맞지 않을 자신이 있다며 여유 만만한 표정으로 내 승부근성을 자극했다. 그렇다면…… 한번 해볼까? 하지만 승부근성만 자극됐지 내 주먹은 도통 나갈 기미를 보이지 않았다. '나를 마음껏 후려 패세요'라는 얼굴로 상대방이 눈앞에서 왔다 갔다 하는데도 두 주먹은 앙 다문 입처럼 잔뜩 긴장해 굳어버렸다.

이때 바로 눈치 챘다. 지난 12개월 동안의 미트 훈련과 지금의 이 스파링은 본질적으로 다르다는 것을. 미트 훈련은 코치님의 구령으로 시작된다. 구령이 없는 한, 그러니까 허락이 없는 한 나는 상대를 때릴 수 없다. 그렇기에 미트 훈련에는 내 의지가 전혀 필요치 않다. 하지만 스파링은? 내게 구령하는 사람은 다름 아닌 나고, 나는 나의 구령을 따라야만 한다. 온전히 내 의지로만 움직여야 하는 것이다. 어떻게든 상대를 때리고 말겠다는 의지, 마주 선 이의 신체 특정 부위에 고통을 주고 말겠다는 의지. 그리고 이런 의지는 승부근성이 조금 자극됐다고 해서 한순간에 갑자기 샘솟는 그런 게 아니었다.

내가 주춤주춤하면서 때릴 생각을 못 하고 있자 코치님은 툭툭 내 어깨를 건들기도 하면서 나를 도발했다. 하지만 나의 주먹은 묵묵부답, 나의 의지도 발동될 낌새가 전혀 없었다. 급기야 단단 코치님은 극약처방으로 본인의 복부를 내주며 말했다.

"저는 괜찮으니까 제 배를 세게 때려보세요. 인정사정 보지 말고요."

코치님이 보기에 내게 필요한 건 사람을 때리는 경험, 더 정확히는 사람의 몸을 직접적으로 때리는 경험이라고 생각한 듯했다. 맞는 사람은 주사 맞기 직전의 표정으로 "세게요!"를 외치고, 때리는 사람은 "그렇게는 안 되겠어 요!" 하는 코믹한 상황이 한동안 이어졌다. 실랑이 끝에 결 국 나는 마음을 단단히 먹고 어쩔 수 없다는 듯 주먹을 뒤 로 쭉 뺐다가 그대로 코치님의 배를 힘껏 때렸다. '원하신다 면 때려드릴게요!' 이 정도면 된 건가? 다행히 코치님은 자 신의 복부를 내 눈앞에서 거둬가며 말했다.

"사람 때리는 거 쉽지 않죠?" 정말 쉽지 않았다.

스파링이 다시 시작됐고, 이렇게 된 이상 나는 조금 달 라지기로 했다. 어쨌든 코치님은 이 세상에 둘도 없는 연습 상대 아닌가. 자기 몸을 이렇게 헌신적으로 내주는 사람이 아니라면 내가 언제 누구를 이렇게 마음껏 때려보겠는가. 영원히 안 왔으면 좋겠지만 어쩌면 언젠가 닥칠 상황에 대 비해 이렇게 연습할 기회도 별로 없을 것 같았다. 어쩌면 지 금이 유일한 기회일지도 모른다. 내 힘을 시험할 기회!

나는 다신 오지 않을지도 모를 이 기회를 붙잡기로 했

난생처음 킥복싱

다. 코치님에게 거침없이 달려들어 코치님의 얼굴을 향해 연속 주먹을 날리기 시작했다. 코치님은 스텝을 자유자재로 밟으며 잘도 내 주먹을 피해 다녔고, 그러면서도 지도를 게을리 하지 않았다. 내가 얼굴로만 주먹을 날리자 코치님은 한 발 뒤로 물러서며 말했다. 우리가 왜 원–투–바디 같은 콤비네이션을 배웠겠느냐는 거였다. 원–투 펀치로 얼굴을 공격하다가 상대가 허술해진 틈을 타 바디 펀치로 복부를 가격하라고 했다. 내가 상대의 복부를 가격하면 상대는 복부를 방어하느라 팔을 내릴 테고, 바로 그 순간 얼굴을 공격하라는 거였다. 위–아래–위–아래는 노래 가사에만 나오는 게 아니었다. 공격을 할 때도 위–아래–위–아래를 명심!

"빈틈을 노려야죠, 제 몸의 빈 곳. 머리를 쓰세요!"

머리를 쓰라는 말에 나는 제대로 도발됐다. 이젠 정말 인정사정보지 않고 코치님 몸의 빈 곳을 찾아 때렸다. 왼쪽 어깨, 오른쪽 옆구리, 복부 전체. 빈 곳이 또 어디에 있지? 때리면서 나도 맞았고, 맞으면 구석으로 순식간에 처박혔다. 그래도 구석에 처박혀 당황하는 대신 다시 일어나 코치님의 얼굴을 노렸다.

"상대가 달려들 땐 팔을 쭉 펴기만 해도 방어가 돼요!"

나는 고개를 끄덕이면서 달려드는 코치님을 향해 팔을

쭉 뻗었다. 쭉 뻗은 팔로 코치님과 나 사이의 거리를 벌렸고, 그 거리를 틈타 또 그의 얼굴을 노렸다.

남들이 보기엔 웃기기 짝이 없는 육탄전이었겠지만, 그럼에도 나는 내가 주먹을 뻗는 것에 조금씩 덜 주저하게 되는 걸 느꼈다. 내 공격 본능과 내 주먹이 온 신경을 곤두세운 채 코치님의 빈 곳을 찾았고, 언제라도 그 빈 곳을 '후려칠' 태세를 갖췄다. 주저하지 않는 것도 연습을 통해 터득해야 하는 태도라는 걸 이번 육탄전에서 배웠다.

그래서 스파링 결과는? 코치님의 얼굴을 '후려치지는' 못했지만 한두 번 살짝 때리기는 했다. 한 번은 정말로 세게 주먹을 날리다가 코치님 눈 바로 앞에서 주먹을 멈추는 기지도 발휘했다. 코치님은 조금 당황한 듯 "제가 잠시 긴장을 풀었나 봐요" 했는데, 코치님이 긴장을 풀었기 때문에 틈이 생긴 거 인정. 하지만 원래 상대가 틈을 보일 때 그 틈을 파고드는 자가 싸움에서 승리하는 것 아니겠는가. 나는 상대가 보인 틈을 제대로 비집고 들어갔고 이번 스파링, 아니 이번 육탄전의 승자가 됐다. 이기려는 마음이 전혀 없던 골리앗을 이긴 다윗이 된 셈인데, 어찌 됐건 다윗이 골리앗을 이긴 이야기는 언제나 좋다.

미래는 불안하지만
나는 자신만만

사회에선 친구를 만들기 어렵다고들 하지만, 우리는 친구가 됐다. 같은 회사를 다니던 우리는 나이가 같다는 이유만으로 서로를 좋아했고, 이 관계를 오래오래 유지하고 싶었다. 그래서 곗돈을 붓기 시작했다. 내가 회사를 그만둔 해부터 매달 2만 원씩.

곗돈이 쌓이는 것 같으면 누가 먼저랄 것도 없이 카톡을 보낸다. "우리 돈 쓰러 만나야지?" 그간 계절이 바뀔 때마다 돈을 쓴다는 재미있는 핑계로 만나 우리는 서로의 기쁨과 슬픔을 나눴다. 나는 친구들을 만날 때마다 그들의 우직함과 성실함에 감탄했다. 15년간 출퇴근을 이어오는 삶은 어떤 걸까. 그것도 한 회사에서. 가늠하려 해도 잘 되지 않았다.

친구들이 성실한 직장인으로 각자의 삶을 살아갈 때, 나도 내 삶을 살았다. 나는 '여기가 아닌 것 같은데?'라는 다소 단순한 (또는 무모한) 생각으로, 그렇게 다니고 싶어 하던 회사를 미련 없이 '우선' 그만뒀다. 회사를 그만둔 후에 뭘 할지 전혀 생각해두지 않은 채로. 마음이 끌리는 대로 걷다 보면 '여기다!' 싶은 곳이 있지 않을까, 막연히 생각했던 것 같다. 아직 글은 쓰지 않던 몇 년. 나는 영어학원에서 생각지도 않았던 영어강사가 돼 있기도 했고, 아빠가 운영하던 작은 여행사에 들어가 여행사의 마지막을 함께하기도 했다.

여행사에 다니며 글을 쓰기 시작했다. 퇴근하고 집에 오면 새벽까지 글을 썼다. 그러다 글쓰기를 본격적으로 배워보고 싶어 글쓰기 수업에 등록했다. 나는 원래 누가 앞에서 말을 하면 잘 집중하지 못하는 편인데, 그 수업은 너무 재미있어서 매 순간 집중할 수 있었다. 강사님이 내 글을 첨삭해줄 땐 살짝 부끄럽긴 했지만 부끄러움보다 쾌감이 더 컸다. 서툰 문장도 고치고 또 고치면 좋은 문장이 된다는 사실이 나는 좋았다. 뭔가를 연마하고 싶다는 생각이 이처럼 강렬하게 든 건 처음이었다. 문장을 연마하고 싶다, 하고 생각했

난생처음 킥복싱

다. 아무래도 '이곳'이 내가 있어야 할 곳 같았다.

아빠가 여행사를 접은 동시에 나는 내 방으로 들어가 글을 쓰기 시작했다. 회사를 그만둘 때처럼 '우선' 쓰기 시작한 것이다. 문예창작학과를 나온 것도, 국문학이나 영문학이나 불문학을 전공한 것도 아닌 내가, 어렸을 적부터 남몰래 소설을 끄적거린 것도, 그도 아니라면 스무 살 즈음부터라도 매일 일기를 쓴 것도 아닌 내가 30대 초반이 끝날 무렵 무작정 글을 쓰기 시작한 것이다. 바다를 향해 두 팔을 쫙 펴고 와아아아 달려드는 사람처럼 불안보단 기대를 가득 안고서.

글을 몇 년 써보니 확실히 '이곳'이 맞는 것 같다. 여기에다 뼈를 묻어야지, 쓰는 사람으로 계속 살아야지, 싶다. 무지 별로인 책을 읽으며 '어쩜, 이런 글도 책이 다 되네!'라며 잘난 척을 하는 것도, 무지 엄청난 책을 읽으며 '이런 문장을 쓰려면 도대체 몇 년을 연마해야 하는 거야, 나는 도대체 언제쯤 이런 글을 쓸 수 있을까'라며 겸손해지는 것도 좋다. 하지만 지난 몇 년간 내가 해낸 일이 고작 문장에 관해 조금 더 알게 된 것뿐이라는 데 생각이 미치면 끔찍한 사고를 목도한 사람처럼 한순간에 온몸이 바짝 긴장된다. 나 이렇게 살아도 되는 걸까, 친구들은 다 저렇게 성실하게 돈도 벌고 가정도 꾸리며 사는데 나는 이렇게 글이나 쓰고 있어도 되는 걸까, 싶어지는 것이다.

곗돈으로 돈을 펑펑 쓰고 돌아오는 길이면, 그래서 더 발걸음을 재촉하게 된다. 지난 몇 년의 시간이 오롯이 담겨 있는 내 방으로 돌아와 다시 평온한 몸과 마음을 되찾고 싶어서다. 하지만 때론 방이 주는 위로로도 긴장에서 시작된 불안이 떨쳐지지 않는다. 그런 날엔 길 한복판에서 폭우를 만난 사람처럼 불안에 속수무책으로 당해야만 한다. 침대에 누워 말똥말똥 불안과 대면하다 보면 잠도 오지 않는다. 고3 때도 12시 땡 하면 꿀잠을 자던 내게, 불면의 밤은 낯설다. 나는 지난 몇 년 낯선 밤과 종종 조우했다.

그나마 안심이 되는 건, 나는 내가 곧 평상심을 되찾으리란 걸 알기 때문이다. 내가 아는 나는 나 자신에 대해 터무니없이 깊이 골몰하는 사람은 아니니까. 나에 대해 열심히 생각하다가도 막연히 '뭐, 77억 인구 중에 나 같은 사람도 있는 거지. 어떻게 모든 사람이 여봐란듯이 살아갈 수 있겠어. 사실, 여봐란듯이 살아갈 필요도 없지. 나는 난데, 내가 원하는 방식으로 살면 되지' 하고 생각해버리고 만다. 마음 추스르기에 실패할 때도 물론 있는데, 그럴 땐 정신적인 활동과 육체적인 활동을 적절히 병행하며 불안에서 벗어난

난생처음 킥복싱

다. 정신적인 활동은 내게 도움이 될 만한, 힘을 주는 이야기를 밥을 꼭꼭 씹어 먹듯 차근차근 내게 들려주는 것이다.

'그렇지, 도리스 레싱. 그 대단한 도리스 레싱은 열한 살에 작가가 되기로 결심했다지. 그런데 봐봐. 서른일곱 살이 돼서야 첫 책을 출간했잖아. 서른일곱 살에 출판한 단편소설집에 스물두 살 때 쓴 단편까지 실려 있었다니, 도대체 얼마나 긴 시간 마음을 졸였던 걸까. 그래, 해리 번스타인. 나는 이 작가가 누군지도 몰라. 그래도 너무 좋아. 작가가 되려고 평생 애쓰다가 96세에 첫 책 출간. 얼마나 힘이 되는 이야기야. 남에게 힘을 주는 삶을 산 사람은 열렬히 칭송받아 마땅해.' 이런 식으로 이야기를 떠올리다 보면 나는 내가 하는 일이 단기속성으로 자격증을 따는 일이 아님을 이해하게 된다. 긴 시간의 기다림과 부단한 버팀이 필요한 일.

육체적인 활동은 간단하다. 청소기로 이불 먼지를 꼼꼼히 빨아들이거나, 몇 년째 방치하고 있는 두 번째 서랍을 이참에 정리하거나, 갈 곳 없는 사람처럼 집 근처를 배회하거나, 또 요즘 같아선 청소기니 서랍 청소니 할 것 없이 그냥 체육관에 가면 된다.

마음이 조금이나마 무너진 날 체육관에 가면 나는 평소보다 더 공들여 운동을 한다. '나'라는 거대한 관념에 대해 생각하기보다, 박스 스텝을 할 때 발의 속도라든가, 런지를 할 때 다리 너비라든가, 눈에 들어간 땀을 눈 아프지 않게 수건으로 찍어내는 방법 같은 더 작고 디테일한 것에 집중한다. 그렇게 소소한 것에 집중하다가 체육관을 나서면 어둑한 저녁이 기다리고 있다. 하루 중 내가 가장 좋아하는 시간. 어스름한 저녁에 길을 걸으면 내 마음이 내게 들려주는 진솔한 말이 들린다. 불안하긴 하지만, 그래도 나는 지금 이 삶이 참 좋다는.

비록 미래를 생각하면 불안해지긴 하지만, 일에서만큼은 지금 더 자신만만하다. 회사에 다닐 땐 다른 종류의 불안을 자주 느꼈다. 내가 하고 있는 일을 내가 좋아하지 않는다는 데에서 오는 불안, 이 일을 지금보다 더 잘하고 싶지 않다는 데에서 오는 불안이었다. 만약 누군가가 "지금 당신이 하고 있는 일에 대해 설명해보시오"라고 말한다면 나는 아무 대답도 하지 못했을 것이다. 대학 4년을 마치고도, 실무를 몇 년이나 하고도, 나는 내가 하는 일을 속속들이 알지 못했고, 알려고 들지도 않았다. 물이 쏟아지면 물을 닦아내듯, 그렇게 주어진 일을 그때그때 해결하는 기분으로 했을 뿐이다.

난생처음 킥복싱

지금은 아니다. 나는 내가 하는 일을 좋아하고, 또 잘하고 싶다. 잘하고 싶다는 생각이 넘쳐 힘이 들 정도다. 만약 누군가가 "지금 당신이 하고 있는 일에 대해 설명해보시오" 한다면 어쩌면 내 눈은 반짝반짝 빛이 날지도 모른다. 나는 더듬더듬하면서도 열심히 대답해나갈 것이다. "제가 글을 쓰다 보니까 알게 된 건요, 글을 쓰다 보면 더 나은 사람이 되고 싶어진다는 거예요. 그래서 어렵지만 그래서 좋아요. 글 쓰는 건 참 어려워요. 세상에 글을 잘 쓰는 사람은 또 어찌나 많던지. 그래도 글을 쓰다가 보면, 참 기분이, 그게⋯⋯, 참 기분이 좋아요, 정말 그래요, 글을 쓰는 게⋯⋯ 참 좋아요."

나와 내 친구들의 하루는 많이 다를 것이다. 친구들은 6시쯤 일어나 여느 회사원들처럼 정신없이 아침을 보내다가 출근하겠지. 회사에선 하루 종일 컴퓨터를 째려보며 틈틈이 동료들에게 짜증도 내고 또 타협도 하면서 일을 할 테다. 나는 친구들보다 한 시간 반쯤 뒤인 7시 30분쯤 일어나 9시까지 침대에 반쯤 누워 책을 읽겠지. 이어 아침을 먹고는 10시에서 11시 사이에 글을 쓰기 시작할 테다. 글을 쓰면서 나 자신에게 짜증도 내고 나 자신과 타협도 하겠지. 시계가 4시를 넘기면 나는 몸을 일으켜 체육관에 갈 준비를 하겠고, 친구들은 조금 더 일하다가 집 또는 체육관에 갈 것이다. 우리는 겉보기엔 많이 다른 하루를 보낸다. 하지만 어쩌면 같다. 때론 만족스러웠고 때론 불만족스러웠지만 그럼에도 내가 선택한 하루였다는 면에서.

평범하지만
다정한 상호작용

　친구는 몇 년 전 1년 넘게 PT를 했다. 어쩔 수 없이 해야 하는 일이 아니고서야 의지만으로 그러기가 쉽지 않은 법인데, 친구는 어떻게 1년을 이어갔을까. 어느 날 물었다. PT를 1년 넘게 할 수 있었던 이유가 뭐야? 친구는 한 번도 생각해본 적 없는 질문을 받았다는 듯 잠시 뜸을 들이다 말했다.

　"운동도 운동인데, 체육관에 가면 웃을 수 있어서?"

　친구는 특유의 웃음소리를 마침표처럼 찍어가며 '어쩌다 체육관에 가야만 웃을 수 있었는지'를 설명했다.

　"그때나 지금이나 나 회사에서 정말 말 한마디 안 한다? 일에 관련된 거 아니면. 하루 종일 무표정으로 내 할 일만 하다가 퇴근하는 거지. 그런데 체육관에 가면 날 향해 웃어 주는 트레이너가 있잖아. 그럼 나도 그날 처음으로 웃는 거야. 그 사람한테는 웃는 것도 일이겠지만, 그래도 난 좋더라고. 트레이너가 웃으면 나도 따라 웃게 되는 거. 나 거기 웃으러 갔던 것 같아. 하루 종일 거미줄 쳐져 있던 입도 좀 떼고. 웃는 게 좋아서 1년을 다녔는데, 다니는 동안 가기 싫은 날이 없었어."

친구의 웃음엔 상대를 따라 웃게 만드는 묘한 마력이 있어서, 나는 조금은 쓸쓸한 이 이야기를 들으면서도 연신 웃었다. 웃으면서 '나도 그 마음 알아, 네가 왜 그런 줄 알아'라는 뜻을 담은 "어", "응", "그렇지" 등의 추임새도 열심히 넣었다. 친구의 말에 공감할 수 있었다. 많은 경우 부수적인 것이 주된 것의 지속을 돕기도 하니까. 체육관은 운동하러 가는 곳이고, 실제 운동만 하러 가는 사람도 많겠지만, 나역시 친구처럼 운동 외적인 것에도 도움을 받았기에 지금껏 다녔는지도 모르겠다.

한 해를 시작하는 1월 2일에 체육관에 들어서면서 내가 12월 30일에도 체육관에 올 줄 상상이나 했을까. 1월에 운동을 시작할 땐 짧으면 3개월 하겠고 길면 6개월 하다 말겠지 했다. 그런데 징글맞던 여름에도 꾸역꾸역 체육관에 나

난생처음 킥복싱

간 나는 가을을 지나 겨울이 돼도 여전히 체육관에 다니고 있다. 킥복싱과 크로스핏의 매력, 내 몸이 달라지는 걸 목격하는 기쁨 등이 1년의 꾸준함을 도왔을 것이다. 그런데 이게 전부는 아니다. 우리의 마음을 흔들거나 붙드는 건 결국 사람이니까.

글을 쓴다는 건 시작부터 끝까지 모든 걸 혼자 감당하는 일이다. 그래서 좋지만, 그래서 외롭기도 하다. 그런데 글을 쓰다가 체육관에 오면 다른 세상이 열린다. 체육관에는 처음부터 끝까지 모든 걸 함께해주려는 사람들이 있다. 내가 뭔가를 할 때 내 곁에 서서 이처럼 밀도 높은 응원을 보내준 사람들이 있었던가. 그들은 내가 잘하게 되길 어찌나 바라는지 어르고, 달래고, 채근하고, 놀리고, 칭찬하고, 구박도 하는 등 할 수 있는 걸 다 한다. 그 결과, 나는 점점 잘하게 된다.

아, 이 세상도 체육관만 같다면 나는 계속 점점 잘하게 될 텐데, 그게 뭐든!

그들은 나의 성취와 실패의 순간에도 함께한다. 내가 작은 성취를 할 때면 "됐다!", "잘했어요!" 하며 함께 기뻐해주고, 내가 작은 실패를 하면 "괜찮아요. 제가 더 잘 도와드릴게요" 하며 실패를 나눠가진다. 나는 아무래도 트레이너와 회원이 만들어가는 이렇듯 평범하면서도 다정한 상호작용에 제대로 마음을 빼앗겼던 것 같다.

근육 코치님은 미트 훈련을 시작하기에 앞서 가끔 이런 말을 한다.

"오늘도 잘 부탁드리겠습니다!"

오늘도 잘 이끌어달라고 부탁해야 할 사람은 난데⋯⋯ 라고 생각하며 처음엔 코치님이 이렇게 말하면 어색하게 웃고 말았다. 그런데 이젠 잘 부탁한다는 코치님의 말에 활짝 웃으며 하이파이브를 한다. 코치님의 말이 무슨 의미인지 알 것 같아서다. 잘 부탁한다는 말은 나도 최선을 다해 이끌겠으니 회원님도 최선을 다해 따라와달라는 말이다. 두 최선이 만나 좋은 합을 만들어보자는 뜻인 것이다.

그렇게 7, 8분가량을 최선을 다해 훈련하다 보면 일상에선 쉽게 맛보지 못하는 희열감이 차오르고, 훈련이 끝나고 나면 더없이 후련하고 뿌듯해진다. 내 마음이 이럴 때 코치님을 슬며시 바라보면, 코치님의 입가에서, 눈매에서 흐뭇한 마음이 읽힌다. 모르긴 몰라도 코치님 역시 나를 보고 내가 얼마나 후련해하고 뿌듯해하는지 느꼈을 것이다. 나는 역시 트레이너와 회원이 만들어가는 이렇듯 평범하면서도 다정한 상호작용에 제대로 마음을 빼앗긴 것 같다.

난생처음 킥복싱

마음을 단단히 빼앗긴 나는 올해를 단 이틀 남겨둔 12월 30일에도 체육관에 들어섰다. 익숙한 소리와 풍경이 내 감각에 쏟아져 들어온다. 이젠 없으면 어색할 것 같은 귀를 뚫는 음악 소리, 주황색 후드티를 입고 돌아다니는 코치님들, 검정색 L사이즈 운동복을 입은 회원들, 오늘의 와드를 짐작케 하는 어썰트 바이크, 로잉머신, 매트 여기저기에 놓여 있는 덤벨, 매트 여기저기에 주저앉아 있는 회원들, 여지없이 들리는 끙끙대는 소리, 그리고 코치님들의 우렁찬 목소리.

"조금만 더 빨리요!" "잘했어요!" "발차기 열 번, 실시!"

지금 내가 보고 듣는 것들을 나는 내년에도 보고 듣게 될 것이다. 내년에도 계속 킥복싱을 하려고 한다. 곰곰이 생각해보니 안 할 이유가 하나도 없었다. 재미있고, 엉덩이도 업해주고, 삶이 나를 배신할 때 집중할 대상도 주고, 면역력도 높여주는 운동을 왜 그만두겠는가. 실은 올해 마지막 날이 돼야 확실히 말할 수 있을 것 같아서 면역력에 관한 이야기는 지금까지 아껴뒀었다. 결론부터 말하자면, 확실히 운동이 면역력을 높여준 것 같다. 지난 수년, 나는 남들이 걸릴 때면 늘 같이 감기에 걸렸고, 남들이 걸리지 않을 때도 역시 감기에 걸렸었다. 그런데 운동을 시작하고 3월 즈음에 목감기에 한 번 걸린 후 지금까지 감기약 한 알 먹지 않았다.

　킥복싱을 계속하려는 가장 큰 이유는, 지난 1년간 체육
관 밖에서의 내가 매우 만족스러웠기 때문이다. 더는 체력
이 없다는 이유로 하고 싶은 걸 하지 않을 필요 없게 됐고,
피로에 지쳐 침대로 도망치지 않아도 됐으며, 놀러 나가기
전에 오늘은 얼마나 힘들지 걱정하지 않아도 됐고, 엄마 장
바구니를 낚아챌 수도 있게 된 것뿐 아니라, 무엇보다 내 몸
을 처음으로 '멋짐'의 관점에서 바라보게 됐다. 아름다움의
반대편엔 '아름답지 않음'이 아니라 '멋짐'이 있다는 걸 알
게 됐다. '아름답다'라는 형용사가 수식할 수 있는 몸은 매
우 한정돼 있지만, '멋지다'라는 형용사가 수식할 수 있는
몸은 생각하기에 따라 무궁무진하다는 것도 알았다.

　12킬로그램 케틀벨을 들고 스윙을 하는 몸은 멋있다.
고양이처럼 긴장하면서 상대의 빈 곳을 노리는 몸은 멋있
다. 연습을 하면 할수록 지적만 받는대도 재미있다는 이유
로 발차기를 연습하는 몸은 멋있다. 철봉에 매달려 아무리
애를 써도 안 되는 턱걸이를 시도하는 몸은 멋있다. 자신을
보호할 수 있는 몸은, 자신을 보호하기 위해 훈련하는 몸은
멋있다. 강한 몸은 멋있다. 아름다움에 갇히지 않은 몸은

멋있다. 활력 있는 몸은 멋있다. 하루를 거뜬하게 살아갈 수 있게 해주는 건강한 몸은 멋있다. 그러므로, 내 몸은 멋있다.

나는 내년에도 멋있을 작정이다. 그러기 위해선 체육관에 와야 한다. 땀을 뻘뻘 흘리며 아령을 들어 올리고, 샌드백과 힘을 겨루고, 로프를 패대기쳐야 한다. 그러다가 너무 힘들면 숨을 헐떡이며 고통스러워하겠지. 벌써부터 귀에 들린다. 허벅지가 타들어가도록 운동을 하다가 찰나 같은 휴식을 취하고 있는 내게 코치님이 다가오며 외치는 소리.

"그만 쉬고 일어나서 운동합시다!"

editor's letter

이 책은 운동, 그중에서도 킥복싱에 대해 말하지만
알고 보면 필요가 재미가 되고, 재미가 생활이 되는 이야기예요.
그리고 결국에는 일상을 든든히 받쳐주는 버팀목을 발견하는 이야기고요.
이제 저도 오랜 게으름과 망설임을 뒤로 하고 체육관에 가보려고 해요.
우리 같이 터프해지기로 해요.